旦那さまの異常な愛情

秋野真珠

イースト・プレス

contents

一章　005

二章　066

三章　112

四章　152

五章　181

六章　216

七章　245

八章　271

あとがき　275

一章

元側室は世話をされることに慣れている。

ジャニス・ウィングラード子爵夫人は整えられた部屋を見て目を眇《すが》めた。下級貴族に分類される男爵令嬢であったジャニスは、ある程度のことは自分でできるよう躾《しつ》けられていた。しかし十年という側室としての時間が、誰かに世話をしてもらうことに慣れさせて、抵抗が薄れてしまったらしい。側室から妻となっても違和感なく受け入れてしまうのはそのせいだ。

朝になると勝手にカーテンを開けられ、眩《まぶ》しい日差しで強制的に起こされる。寝台から下りると湯浴《ゆあ》みの用意がされていて、ドレスも準備されている。何かを言う前に髪をセットされ化粧が施される。完ぺきな淑女の状態で朝食をとる。量はあまり多くない。動くことが少ないジャニスはあまり空腹にならないからだ。とはいえ、料理は最上級で極上だ。

王城で王族に振る舞うかのごときメニューが毎度目の前に並べられる。

毎日毎日整頓され清潔であり、美しく整えられた部屋に変化はない。昨日の記憶が確かなら、調度品から小物の配置まで同じはずだ。間違いを探す方が難しく、ジャニスは目を細めたのだ。そしてそこに組み込まれるジャニス自身も連日同じで、一分の隙もない子爵夫人に作り上げられ、まるで景色の一部のようになっていた。

「奥さま、今日もお美しいですわ」

「奥さま、今日のご朝食は料理長の新メニューです」

「奥さま、今日は良いお天気ですからお散歩でもいかがですか」

ジャニスの周りにいる侍女たちはいつも笑顔だ。

ジャニスを心から慕い、仕えていると言わんばかりのその表情は、偽りのようには見えない。この家の主人である子爵と釣り合わない、元側室というジャニスに対してなぜそのような態度になるのか理解できず、胡乱な目でどういう意図があるのかと疑っていたが、一向に変わらない態度にジャニスは考えることを諦めた。本心を隠しているにしろ、他に理由があるにしろ、ジャニスはそれが彼女たちの仕事なのだからと訝《いぶか》しむことも面倒になったのだ。

その侍女たちに世話をされながら、しかしジャニスは起きた瞬間から変わらず目を据わらせ、眉間《みけん》に皺《しわ》を作っていた。

「何も要らないわ。何もしたくないわ。ひとりにしてちょうだい」

　ほんの気持ち程度食事に手を付けただけで、ジャニスはカトラリーを置いた。

　料理が美味《おい》しくないわけではなく、湯気《ゆげ》の上《のぼ》る紅茶が渋いわけでもない。ドレスが嫌なわけでもなく、髪形が好みでないということもない。しかしながら、そのすべてが気に入らないようでもある。

　ジャニスはとりあえず、不機嫌なのだ。

「まぁ奥さま、そんなことをおっしゃらないでください」

「そうです奥さま、ようやく、待ちに待った日が来たというのに」

「随分お待たせしてしまい、私たちも申し訳なく思っておりましたが、それも今日までです」

　愛らしい顔をした侍女たちは、不機嫌なジャニスの顔など気にする様子もない。それもそのはずだ。なぜなら今日、この家の主人が帰ってくるのだ。

　後宮が閉められ、住むところのなくなったジャニスを受け入れた、夫となったウィングラード子爵は、騎士団に所属していた。ジャニスがこの子爵邸に連れて来られたとき、騎士としての任期はまだ半年残っていたのである。任期中はどのような理由であれ、騎士団を抜けることは許されない。結婚するからという理由では勿論辞められる理由にはならなかったようである。

そのお蔭《かげ》で、ジャニスはこの子爵邸でひとり待つことになったのだ。戯《たわむ》れに何をするわけでもなく、何をさせられるでもなく、ただ待たされたのである。

「奥さま、マリス様がお帰りになりました」

慌てるということを人生で一度も経験したことがないのではと思わせるほど冷静な紳士である執事が、ジャニスの部屋へ声をかけた。それにゆっくりと顔を上げ、扉を開ける許可を出そうとした瞬間、バターン！　と勢いよく扉が左右に開き、輝かしい若者がジャニスの視界に飛び込んで来た。

「ジャニス！　ああ、僕の最愛の妻！　半年も待たせてごめん、でもこれからはずっと一緒だよ——！」

明るい金色の髪、深い新緑の瞳、人懐こい笑み。騎士団に三年在籍していただけあって鍛えられた身体。そして、貴族の装いが似合う若々しい姿。

それがジャニスの夫である、マリス・ウィングラード子爵だった。二十七歳になるジャニスの、十歳年下である十七歳の夫だ。

どうしてこんなことになったたと、ジャニスは深く嘆息《たんそく》し、もう一度これまでの人生を振り返った。

＊＊＊＊＊

ジャニスが後宮に入ったのは、陛下が十五歳のときである。先の王が早逝《そうせい》したために、若き王が誕生した。当時ジャニスは十七歳。まだ子供とも呼べる陛下に、女性の手解《てほど》きのひとりとして少し年上のジャニスが選ばれた。

男爵令嬢のジャニスが側室に選ばれたのは、陛下を異性に慣れさせるため、ある程度分別のある年上の者をとの理由であるのは、ジャニス本人も自覚していた。そしてジャニスの両親に権力がなかったことと、当時の権力者のいずれの派閥にも属していなかったことも大きな理由だろう。

持参金もなく、身分も低いため相手を探すのも苦労していたジャニスには、有り難すぎる嫁ぎ先だった。だから後悔はないし、支度金として頂いた財産を年老いた両親へ渡すことができたことに満足もしていた。

陛下より年上とはいえ、ジャニスもまだ十七歳。王城の女官長から一通りの指南は受けたものの、実際に異性と肌を合わせたことがあるはずもなく、後宮に入ってしばらくは緊張が取れることはなかった。上手く務められるだろうかという不安と、初めての行為に対する期待。それらが混じり合い、ジャニスは毎日のすべてに気を遣っていた。

しかし一年も経たないうちに、それが無駄な気遣いだと知ることになる。

陛下はその間、一度もジャニスのもとを訪れなかったからである。

後宮ができてから側室はどんどん増えていった。新しい側室が迎えられるたび、後宮は華やかになっていく。ジャニスより若い貴族令嬢たちである。そうなると、一度も陛下に通われることのないジャニスが浮かないはずはない。

側室たちが増えると、権力や派閥が相まって諍《いさか》いも起きることになる。ジャニスはその中で真っ先に、他の側室たちから見下される立場になった。最初に後宮入りしながら、一度も陛下に目を掛けられなかった憐《あわ》れな女。ジャニスはそうさげすまれたのである。

ジャニスはそんな仕打ちにいじらしくも耐えるような女性ではなかった。陛下に通われることはなくとも、寝食に困らない場所を貰ったと、そして陛下相手に粗相《そそう》をしないかと不安を抱える必要がない現状を喜び、空気のような存在になることを決めたのだった。

権力や派閥の争いにも興味がない。陛下の寵愛《ちょうあい》を望みもしない。月日が経つにつれ、他の側室たちからも存在を忘れられたジャニスは後宮の奥で、ひっそりと生きていたのである。

三十人に増えた側室から正妃が決まり、後宮が閉められるまでの十年。その短くはない間、陛下がジャニスのもとに通うことは一度もなかった。ここまで忘れられると、ジャニスはそれを恨もうとは思わない。陛下が正妃にと選んだのは、二十五歳の陛下より随分年下だと聞いた。一般的に男性は若い娘を好むという。それなら尚更、ジャニスが顧《かえり》みられることはない。

この十年の間に年老いた両親は他界し、後ろ盾はなくなった。陛下の寵愛を受けられなかった失望よりも、住むところがなくなることに不安を覚えた。資産も領地もなく、ただ名ばかりの男爵家の屋敷は、今は誰も住んでいない。ジャニスがそこに戻ったところで、やはり何もないジャニスがその屋敷を抱えて生きていけるとも思えない。

どうしたものかと考えた結果、ジャニスは働くことを思いついた。

働くといっても、ジャニスとて貧しいながらも貴族に生まれ、十年間側室として侍女たちに傅《かしず》かれて生きてきたのだ。市井《しせい》で町民と同じように働けるとは思えなかった。自分にできそうなことを考え、選んだ先は王城の女官である。

ジャニスにも一通りの教養は備わっていた。後宮を切り盛りする女官たちを見て、自分にもできそうだと判断したのだ。王城が難しければ、他の貴族の屋敷で侍女として雇ってもらいたい。

貴族でありながら、その時々の状況に流されるままのジャニスに、高尚な誇りなどというものは一切なかった。ただ、明日生きていくためにどうするかということだけを考えた結果だ。

ジャニスは自分の再就職先の斡旋をお願いするべく、王城の女性たちを取り仕切る女官長を部屋へ呼び出したのだが、そこでジャニスは、まだ若い娘の頃後宮に上がれと言われたときよりもさらに驚くことを聞いた。

流されるままのジャニスのこれからの道を、女官長はこのときあっさりと示したのである。

「ジャニス様は、次の嫁ぎ先が決まっておいでです。ウィングラード子爵が是非に、と望まれておられます」

「――はい？」

いつも背すじをぴんと伸ばして、貴婦人の鑑《かがみ》たれと言い聞かせているような、厳しくも正しい女官長の言っていることが、ジャニスには理解できなかった。

誰が、誰に、望まれているですって？

柳眉を跳ねあげたジャニスに、女官長は表情を変えず、真面目な顔のままもう一度言った。

「ジャニス様は、ウィングラード子爵とのご結婚が決まっております」

いったい、何の冗談なの。

ジャニスはくらりと視界が歪《ゆが》んだのを確かに感じた。

驚愕の日より十日後、後宮の側室たちがそれぞれの引っ越しに慌ただしい中、ジャニスも同じような状況にあった。気づけばジャニスは、本当にマリス・ウィングラード子爵と結婚することになっていたのだ。

いったいどこの物好きが二十七にもなる忘れられた側室を貰おうというのか。呆然《ぼうぜん》としていたジャニスに「これは陛下のご命令です」と女官長ははっきりと言った。ただの側室、それも陛下に興味を示されなかった側室で、後ろ盾もないジャニスに反論などできるはずもない。

これは決定事項であって、ジャニスはまた、受け入れるしかない。溜《た》め息を吐きながら、ジャニスは侍女に手伝ってもらい荷物をまとめることになった。

後宮は、本当に衣食住に困らない場所だったと今更ながらに思う。季節ごとに二着のドレスを与えられ、それに合わせた小物も揃《そろ》えられ、栄養バランスのとれた食事を用意され、二日に一度はオイルマッサージも施され、女として充実した人生を送れる場所であった。

陛下から与えられたものはすべて側室のもの、つまりジャニスのものであるから持って行くようにと言われ、すべてをまとめようとすると結構な荷物になったほどである。しかし与えられても、ジャニスにはそれを披露する場所などなかった。贈られてくるものは義務として一度袖を通し、手にしてみるものの、自分のものという実感はなかったし、もっと欲しいと思うこともなかった。ただ、何かあったときのための財産になるかもしれないと思い、荷箱へ詰め込む。

そうしながら、自分を娶《めと》ろうとしている子爵のことを考えていた。きっと、自分の父親ほど歳の離れた男だろう。子爵という身分からして、田舎の領主か何かかもしれない。妻に先立たれた後で若い娘を貰うより、薹《とう》が立っていても側室だったという女の方が後妻としてはいい条件。そんなことでジャニスを選んだのだろう。

自分の未来が楽しいものだと期待していたわけではないが、あんまりな将来だとジャニスは深く息を吐いた。流れるまま、流されるまま、抗《あらが》うことなく楽な道を選んできた。そのツケが今来たのだと実感する。

もうちょっと頑張っておくべきだったかしら。

「どうかなさいましたか?」

片づけながら嘆息したことで、ジャニスに仕えてくれていた侍女が首を傾《かし》げた。

彼女はルツァという名の、まだ若いながら目端が利く侍女で、ジャニスが側室になって一年ほどした頃からの付き合いだ。出会ったときはとても幼い少女だったのに、その頃から侍女としての働きは申し分なく、ジャニスはここで不自由なく生きていくために頼りにしていた。

そのルツァも後宮が閉じられるのを機に辞して実家へ戻るという。幼かったルツァももう年頃の娘だ。将来を考えなければならないときだろう。ジャニスは今まで傍に居てくれたことに感謝して、部屋の床を埋め尽くすほどの自分の荷物を見渡した。

「何でもないの。それより……貴女にはお世話になったわね。何かお礼をしなくては」

しかし、ジャニスの荷物はほとんど与えられたものばかりだ。ジャニスのものと言われたものの、これらをそのままあげてしまってもいいだろうかと少し悩む。ジャニスの懐はまったく痛まないからだ。そんなものでお礼の気持ちが伝わるかどうか。荷箱へ詰めたばかりのレースのハンカチや首飾りを見ながら悩んでいると、ルツァはにこりと笑った。

「ジャニス様、私はジャニス様にお仕えできて嬉しゅうございました。とても楽しくて、仕事であるのを忘れてしまうくらいです」

だから何も要りませんと先に断るルツァに、ジャニスは戸惑い、眉根を寄せた。そういうものだろうか。王城の女官か貴族の侍女になろうと考えていたジャニスは、もし新しい嫁ぎ先から見放され働くことになったとき、自分も彼女と同じような気持ちで働けるだろうかと、不安になったのだ。

「……それに、一度落ち着いたら、また、お会いできますから」

ルツァがにこりと笑った意味を測りかねて首を傾げる。どういう意味だと訊《たず》ねる前に、彼女はまだ収まりきらない衣類を示した。

「さ、もう少しです。片づけてしまいましょう」

「……そうね」

これを片づけたら、後宮を出て行かなくてはならない。顔も見たことのない、歳も離れた子爵に嫁がなければならない。ジャニスは不満を言える立場ではなかったが、心の中で思うくらいはいいだろうと思った。自分の意思を口にしたところでどうにかなるものではないのはよく解っている。後ろ盾もなく側室であったジャニスに選ぶ権利などないのもよく解っている。ジャニスの次の人生は決まっているのだ。今まで気楽に過ごしてきた代償だと思うしかない。

そう思いながらも流されようと思っていたジャニスは、ずっと後宮の隅にいたお陰で、表の世界のことをまったく知らなかった。現実を知ったのはそれから数日経った、婚姻を結ぶ日の前日だ。後宮を出ることになっていた前日のことである。

マリス・ウィングラード子爵は、宰相であるバドリク公爵の嫡子であり、騎士団に在籍する弱冠十七歳の青年だったのだ。

騙されている。

そう思った。表情にも出ていたはずだが、荷物の移動手配で訪れていた女官長は、混乱に陥ったジャニスのことなどまったく気にする様子もなく、夫となる相手のことを、報告書を読み上げるように淡々と告げた。

マリスはいずれ公爵位を継ぐ身であるが、幼いときからその能力を評価され、陛下から特別に子爵位を与えられたのだという。

この国では、貴族の子息は最低でも二年間、騎士団への入団が課せられていて、十四歳のときに入団したマリスは、そこでも目覚ましい活躍を見せ、団長に引き止められた結果、予定より一年長く在籍することになった。ジャニスとの結婚が決まったのは、任期を終える半年前である。よってジャニスは、マリスの家である子爵邸で半年間、夫を待つ身となった。どうして最初に確認しておかなかったのか、流され無精になっていた自分を叱咤したい。

その夫が、とうとう、帰宅した。

ジャニスはこの半年、やはり冗談か騙されているのではと考え続けていた。流されるままの人生にしても、訝しまずにはいられない。

どう考えても、将来有望な十七歳の青年の妻には、二十七歳の元側室は似合わない。愛人ならまだ解る。囲い者として扱われるのなら、今までも同じような立場だったのだから納得できただろう。

しかし現実には、ジャニスはこの若い子爵の正式な妻なのだった。

＊＊＊＊＊

「ああ、この日をどれほど夢見たことか！　まったく陛下もあと半年待ってくだされればいいのに。お蔭で貴女をひとり待たせることになってしまった。本当に申し訳ない」

リビングのソファに座ったジャニスの隣にぴったりと寄り添い、輝かしい笑顔を向けるマリスは、若さに溢れ自信に満ち、何の穢れもない美しい青年だった。

この現実での違和感と言えばただひとつ。隣にいるジャニス本人くらいだ。ジャニスは眉間の皺をまた深くして、手の甲へ口付けるマリスを見つめた。

「――旦那さま、貴方にお聞きしたいことがあります。よろしいですか」

この部屋に現れてからというもの、マリスは常にジャニスのどこかに触れている。扉を壊す勢いで入ってきたかと思うと、強く抱擁し続けた。にこやかにジャニスを見つめ、掌を撫でたり、隙間を許さないように身体を寄せてくる。侍女と執事に諌《いさ》められなければそのまま離れないつもりだったのかもしれない。

胡散《うさん》臭い。

ジャニスはそう思わないではいられず、助けを求め視線を彷徨わせたのだが、気を利かせたつもりなのか侍女たちは笑顔で部屋を出て行ってしまい、広い部屋に今は二人きりで残されている。

「何だい？　貴女のおねだりなら何だってきくよ」

冷静に問いかけたのに、年頃の女性ならきっと蕩けてしまうだろう笑顔を向けられ、ジャニスは目を据わらせる。わざと低い声を出したのに、気づかなかったのだろうか。目の前に居るのが、同じ世界の住人とは思えなかった。

「貴方は、何を考えていらっしゃるのですか」

「もちろん、貴女のことだよ」

即答されて眩暈を覚える。何故だか会話が嚙み合っていない気がする。こめかみを押さえながら、ジャニスはマリスの輝くような笑顔を見た。

マリスの笑顔は美しい。美しいがゆえに、何か裏があるのではと感じる。

いや、絶対に何かある。なければおかしい。何の後ろ盾もない、裕福でもない、十歳も年上の女を娶るはずがない。ジャニスはここ半年で慣れた不機嫌な顔のまま夫を睨んだ。頭がとても重い。すぐ隣にいるというのに、世界を分ける境界線があるのかもしれないとぴったりくっついた身体の隙間に線を探した。

ジャニスも最初から不機嫌だったわけではない。貴族の娘として生まれ、陛下の側室に収まり、そして次の嫁ぎ先も決められた。しかしそれは自分の意思を通せる身分でもなかったジャニスにとって逃れられない人生だったし、幸せと言い切れる人生でもなかった。さらに、夫を待つという建前のもと、半年間行動を制限されていれば、機嫌も良くなるはずがない。

「お戯れを。貴方ほどの方なら、他にたくさんのご令嬢がいらっしゃったはずです。なのにどうして、私を娶ったのですか」

ジャニスに帰るところはない。行くところもない。それを知って、同情でもしてくださったというのだろうか。そうだとするなら有難迷惑だ。ジャニスはひとりで生きていく決心をしていたのだから。ようやく会えた夫に対して不機嫌さを隠さない妻に、彼はどんな理由があって笑顔を向けるのか。いっそ見下してからかわれる方がましだ。

しかしマリスは、ジャニスが予想したものとは違う、想像もしなかった答えを返した。

「――十年、待ったんだよ」

「――え？」

マリスの手がジャニスの顔に近づく。

指の背で、微かに触れる程度に頬を撫でる。それまでねっとりと体温を移すかのように手を握っていたというのに、その繊細な接触にジャニスはびくりと身体を揺らし、上体を少し反らした。

マリスにはまだ片手を摑まれたままだ。十七歳から女の園である後宮で生活し、陛下に会うこともなかったジャニスにとって異性と触れ合う機会はこれまでになく、今は亡き父親以外で初めてのことだった。

そう思いつつも、年に一度だけ異性と一緒にいたことがあると不意に思い出した。それは毎年、年の終わりに開かれる舞踏会でのことだ。いつもは後宮から出ることが許されない側室も、そのときだけは全員が連れ出され出席する。華やかな場所で、楽しむべき催しであるが、陛下から声をかけられることのないジャニスにとって、それは苦行でしかなかった。

だからその場に長く留まったことはなく、後宮での権力の順に前から並べられた側室たちの後ろの方にひっそりと座り、陛下へ失礼のない時間だけを過ごすと、誰と話すでもなく、誰と踊るでもなく、住み慣れた後宮に戻る。

そのとき、王城から後宮までの短い道のりは護衛騎士に送られるのだが、ここ三年ほどは同じ騎士だったと思い出したのだ。若い男だ。ジャニスはいつも俯いていたのではっきり顔を合わせて見たわけではないが、その彼は明るい髪色で控えめな笑みを浮かべていて、会話を交わすこともなく穏やかに静かな時間を共有するように二人で歩いた。

目の前の夫を見て、確かこんな様子だったと気づいた。マリスは騎士団に所属していた。もしかしてあの騎士はこの人だったのだろうかと目を瞬かせる。後宮で暮らしている間、特定の誰かを意識したことはないが、騎士のすらりとした姿に異性としての憧れを抱いたことは確かだ。しかしその騎士と何かあったわけではない。手を触れてくることも、護衛らしい距離以上に近づくこともなかった。

改めて騎士のことを思い出した自分自身にも驚いたが、ジャニスの驚きの理由を知っているような笑みを浮かべるマリスにも驚く。決して逃がさないとばかりにジャニスの手を握る指に力が込められ、頬を擽《くすぐ》っていた指は片頬を包むように広げられた。

「本当に……この距離に居るのが、夢じゃないかと思うんだ。本当に僕は貴女に、触れているんだろうか」

「それは私も同感です」

この事態は本当に夢じゃあるまいか。

若く綺麗な子爵が膝が触れるほど近くに座り、片手を握り、頬を包む。新緑の瞳はまっすぐにジャニスに向けられ、そこからは勘違いでなければ歓喜が溢れている。夢でも悪夢に近いようだと訝しんで眉を寄せるが、マリスはジャニスの言葉に目を見開いた。

「ああ！　貴女も同じ気持ちだなんて！　本当に十年待った甲斐があったというものだ！これはもう、運命としか思えない！」

「……ッ」

部屋に入ってきたときと同じように、両腕を広げてジャニスを抱きしめる。その強さと勢いに息が詰まった。

「夢のようだ……貴女をこの腕に抱けるなんて」

息を呑んだジャニスの身体は硬直したように固まった。それに気づかないはずはないのに、マリスはさらに強く抱きしめる。肩に顔を押し付けられて、ジャニスは強張った身体

に一層緊張を走らせた。

十歳も年下だというのに、まだ結婚するのも早いと言われるほどの青年だというのに、腕の強さは既に大人のものだった。押し当てられた胸板は硬く、少年の幼さや柔らかさはどこにも感じられない。しかし二十七歳のジャニスとしては、夫となる十七歳の青年の胸に素直にしな垂れかかることもできなかった。

出来るだけ身体を密着させないように、手のひらでそっとマリスの胸を押し返す。しかし効果はなかった。歳の差が歴然としているように、力の差も歴然としていた。それでも、お互いの胸の間で手が挟まれるだけになっているとしても、そうしていなければジャニスは自分を保っていられなかった。

「ああ、いい匂い。貴女の匂いだ……」

いったいどんな匂いだ。

ジャニスは自分の首筋に顔をうずめ、鼻を鳴らして匂いを嗅いでいる夫に心が冷えた。自分の知っている騎士ではないのかもしれない。目の前の男からは、あの穏やかさはまったく感じられない。そう都合良くはいかないかと諦めつつも、同じく騎士であったはずなのにこの差は何だろうと落胆した。

ジャニスが付けている香水はあまり強いものではない。今は亡き母親から譲り受けたものなので、柑橘系のさっぱりしたものだ。高価なものですらない。ただジャニスが気に入っていて使い続けているだけのものだった。側室となり、高価な香水を用意されても、ジャニスはこの香りだけを好んで使っていた。

反対に、マリスは何の香りもしない。しかし上位貴族ともなれば、女性と同じように男性も身だしなみに気を遣うものだ。ジャニスもマリスの肩口に鼻を寄せてみるが、やはり何の香りもしなかった。そういえばマリスはまだ十七歳だし、ずっと騎士団に在籍していた。あまりそういったことに興味がないのかもしれないと思った瞬間、二人の身体の間に挟んでいた手が胸に埋まるほど抱擁が強くなった。

「ん……っ？」

「ジャニス……！　ああもう可愛い！　我慢できない！」

感極まった、というより、切羽詰まった声でマリスが立ち上がる。当然腕に抱きしめられていたジャニスもソファから強制的に浮き上がった。人ひとりを腕の力だけで引き上げられることに目を丸くする。

密着した身体をすぐ傍で見つめると、ヒールの高いブーツを履いたジャニスとマリスの視線はほとんど同じ位置にあった。ジャニスは女性にしては背が高い方だ。マリスは十七歳という年齢からしても、これからもっと高くなるだろう。が、今は視線がすぐそばにある。ジャニスの瞳をまっすぐに見つめ、その中にある自分の姿を確かめようとしているようだ。

ジャニスは何度確認しても、二十七歳だ。愛らしいとか可愛らしいという年齢ではない。そもそも、そんな形容詞は自分にはもともと似合わなかった。

後宮での生活も、側室たちの争いも興味はなく、達観して毎日を過ごすだけだったくらいである。もしジャニスがほんの少しでも、自分を可愛いなどと思っていたら、もう少し側室らしい努力をしていたはずだ。その性格は今も変わりはない。

そんな自分を見つめて、何が面白いのだろうと不思議に思うが、マリスは満足そうに目を細めた。そしてさらに顔が近づいてきたと思ったときには、唇が塞がれていた。

驚いてとっさに目を閉じる。閉じてしまうと怖くなってもう一度開くことはできなくなった。

元騎士団員で若々しい力にあふれているとはいえ、マリスは笑顔の似合う穏やかな風貌をした青年だ。感情表現は大げさなものの、荒々しさとは正反対の場所にいるように見えた。

だからジャニスは今、そんな勝手な想像を忘れるほどの動揺に襲われていた。初めての口付けは、およそ外見からは想像もできないほど荒々しいものだったのだ。まるで咬みつかれるように強く奪われた。

硬直した唇に何度も吸い付かれる。荒い呼吸がジャニスにかかり、背中に回された手が逃がさないようにジャニスをさらに強く掻き抱き、大きな手のひらは首から顎のラインを固定してしまう。

逃げられない。マリスとの間に挟んだままの手で身体を離そうと力を込めても、やはり何の意味もなさない。硬直した身体で、かろうじてマリスの服を掴むことしかできなかった。

「ジャニス……ジャニス、口を開けて」

熱を孕んだ声で呼ばれても、ジャニスの身体は固まったままで動かない。むしろ今は動けないことに安堵してもいた。しかし、マリスはそんなジャニスをさらに不安にさせる言葉を告げる。

「ジャニス──開けないと、咬み千切ってしまうよ」

初めて耳にする低い声に、ジャニスはぎゅうと目をつむりますます口を開けることなどできなくなってしまった。

ふるり、と震えたのが解ったのか、マリスはジャニスの唇の上で、吐息を漏らした。そして少しだけ拘束を緩め、頬のラインを親指でなぞる。まるで毛を逆立てた猫のご機嫌を取るような仕草だ。

「……ごめん、怖くないから、受け入れて」

泣いているかのような、か細い声だった。それまでの強く明るい、傲慢にも思えるマリスからは想像が難しく、どんな顔をしているのか気になって、ジャニスはそっと目を開けた。

当たり前だが目の前にあった顔に驚き、それから一度瞬いて表情を読み取ると、何かを我慢しているような必死さがそこにあるような気がした。ジャニスはゆっくりと細く息を吐き、唇を緩めた。どうしてマリスがジャニスを選んだのかはやっぱり解らない。どうして今、抱き合って口付けを繰り返しているのかも解らない。

十七歳の麗しき青年の相手として、陛下が相手とはいえ一度誰かのものになっていた女はどうかと思うが、こんな必死な顔をした誰かを見たのは初めてで、ジャニスは力が抜けた。

言うなれば、ほだされたという言葉が一番合っていたように思う。理由は解らないが、こんなにも求められていて、しかも一応夫婦になってしまっている。これも仕方のないことかとジャニスは受け入れることにした。

流されることに慣れてしまっているジャニスは、この結婚もまた、流れのままに受け入れたのである。そして再開された口付けに、ジャニスはさっそく後悔する。

いったいどうしてこんなにも上手いのか。

口付けるだけだと思った。陛下の側室として後宮に上がったジャニスだから、夜伽の手順は一応頭に入っていたが、半年前に婚姻したとはいえ結婚誓約書に名前を書いただけの、初対面の相手なのだ。しかもまだ太陽は高く、寝室ではなくソファの傍でもあった。

抱きしめられて口付けるくらいならと目を閉じて身を任せたのに、マリスの行動はジャニスの予想をはるかに上回り進んでいく。

「んっ、ん、ん……っ」

深くなった口付けさえ、ジャニスにはついていくことが難しい。

身体の中に他人のものが入るという感覚は、想像以上に違和感が大きく苦しい。口の中をマリスの舌が執拗に掻きまわし、口を閉じようとしても、頬を包んだ手で顎を押さえこまれ動かせず、ジャニスは焦る。

顔の角度を変えられ、何度も何度も口の中が侵される。閉じることのできない口端から、どちらのかも解らない唾液が溢れたが、それを拭うことすらマリスは許さなかった。熱い舌で流れたものを拭い、もう一度ジャニスの口腔へ流し込んでくる。

「んう――……っ」

たまらなくなってマリスの手の甲を引っ掻く。しかし思うように力が入らず、子猫の抵抗より小さいものにしかならなかった。

マリスが夢中になっているということだけ、ジャニスには解った。しかしその夢中になるものが、ジャニスの唇ということが納得できない。

熟れた唇を吸い、舌を伸ばせるだけ伸ばし、ジャニスの喉奥まで漁る。歯列を内側からなぞったかと思うと、外側にも舌を這わせる。背中に何か不穏な気配が走り、ジャニスは思わずその舌を噛み切ってしまいたくなって、顎に力を入れた。

そのジャニスの衝動など予測がついていたのか、マリスは一度唇を離す。

「ん、あ……っ」

解放されたことで唇を大きく開くと、すぐに塞がれる。奥に逃げた舌を探し、絡め取って奪う。

何も知らないジャニスのために、やり方を教えているふうなマリスに、ジャニスは途中から抵抗を諦めて同じように返すしかなかった。口を大きく開いて舌を絡めていると、ようやく満足したのかマリスは唇を解放した。ジャニスの唇は腫れあがっているのではと思うほどじんじんしている。

「はっあ、はぁ、」

激しい口付けに、呼吸もままならない。ジャニスはもう放してと、無意識のうちにマリスの身体を押しのけようとするが、しっかりと抱き直されて彼の腕にまた拘束された。

「ジャニス……ジャニス」

「ん……は、あ」

ジャニスの細い首に顔をうずめて、熱に浮かされたように何度も名前を繰り返すマリスを、ジャニスはぼんやりとしたまま不思議に感じた。

理由は解らないが、マリスが十歳も年上の女を求めていることはどうやら事実らしい。

とりあえず、このまま結婚していても衣食住には困らないわけだし、いつかは飽きるだろうからそれまで付き合ってもいいかもしれない。女官になるには、それからでもまだ大丈夫だろう。飽きる頃に、再就職先を斡旋してもらえるように執事にでも頼んでおこうかとジャニスは考えた。

自分の中で道筋が決まると、ジャニスは抵抗を止め、年下の夫を受け入れようと、初めてその手をマリスの背に回した。少し落ち着いてほしいという気持ちで、思ったよりも広い背中をそっと叩いたが、その瞬間、予想外にもさらに強く抱きしめられた。

「んぐ……っ」

苦しい、という声さえ出ないほど強い抱擁だった。

堪らず、その背中を今度は強めに叩く。放してという意図を察してくれたのか、少しだけ緩められる。しかし、通常あるはずの胸への締めつけも感じられなくなり、呼吸はより楽になった。

ジャニスの背中で、しゅるしゅるという布ずれの音がする。肩甲骨から腰までを縛っていたコルセットの紐が緩められたのだ。締め付けるときは苦しいが、慣れてしまうとこんなものだろうと思う貴族女性の必需品である。

しかし、コルセットが緩んだということは、上に着ているドレスも緩められているということだ。いつの間にと驚いている隙に、ドレスの肩ひもにマリスの指がかかり細い腕から滑り落ちた。

胸を覆っていたコルセットも紐を緩めてしまえば身体から落ちていく。

気づけばジャニスの肌に残るのは、レースと絹で作られた薄いシュミーズと、太ももの半分まで覆うレースたっぷりのドロワーズだけになっていた。慌てて腕で胸を隠すと何か軽いものでも持つかのようにマリスに抱きあげられる。

「……っ!?」

驚いたときには床にドレスが広がっていて、輪になった中から抜き出され、そのまま奥の扉へと抱えられていった。そこはジャニスがいつも使っている寝室だ。

そして厚い天蓋《てんがい》に閉じられた寝台で、ジャニスは夫に押し倒された。ひとりで着るには難しいドレスだったのに、どうしてこんなにも簡単に脱がせてしまえるのか、ジャニスは若い夫の手を訝しく感じた。

「どうしたの？」

ジャニスを上から見下ろしたマリスは、胸を隠すように背を向ける妻に不思議そうな顔をする。

「べつに」

「別にって顔じゃないよね」

「私はもともとこんな顔です。お気に召さないのならどうぞ今すぐにお捨てください」

ジャニスは不貞腐《ふてくさ》れた顔を夫から背ける。

すべての手際が良すぎて、ジャニスはそれ以外の抵抗ができなかった。いや、夫婦なのだから、抵抗することの方が不自然だ。若くても相手は夫である。こんな態度を取ればどんな叱咤を受けてもおかしくはないのだが、マリスは面白そうに笑うだけだ。

「ジャニスはどんな顔でも可愛いよ。ただ、何か気になることがあるなら何でも言ってほしいと思っただけだ」

ジャニスは言葉の前半を空耳と思うことにした。聞き慣れない言葉は、気にしないでおいた方が身のためのような気がする。だから後半の言葉にだけ従わせてもらうことにした。

「貴方は騎士団にお勤めだったと伺いましたがドレスを脱がすのがとてもお上手ですねと思っただけです」

騎士団は国を守る要だ。そのほとんどが男性で占められている。女性の数は一割にも満たない。

男ばかりの職場で生活していたというのに、女性の扱いが上手すぎる。

いや、男ばかりだったからこそ、こういったことに長けているのかもしれない。女性と一緒では行けない場所にも、男同士ならばむしろ誘い合って積極的に赴くということは、世間に疎いジャニスでも知っている。

「ああ、そうだね。でもドレスなんてほとんどどれも同じつくりじゃない？　一度理解すれば別に戸惑うことはないと思うよ」

あっさりと返されたマリスの言葉は、ジャニスの想像を肯定するものだ。ジャニスは自分から話を向けながらも、あまりにも容易く教えられた事実に少なからず動揺していることに気が付いた。

心臓がドキドキしている。そのことに、また驚いた。マリスから顔を背けたまま視線を揺らし、身体を丸めるように小さくする。心が不安定になっているのを、どうしてか隠したくなったのだ。

十七歳とはいえ、貴族であり男である。誘われればそういった場所にも行くだろう。ジャニスから見ても引く手数多だと思う容姿をしているマリスが、初めてだとは思っていない。思っていないが、こんなにも簡単に教えられたことにジャニスは動揺したのだ。

これではまるで、拗ねた子供のよう。ジャニスは自分に呆れた。自分自身は側室だったのだ。幸か不幸かジャニスはいまだ清いままだが、いつ陛下のお手つきになっていてもおかしくはない存在だった。いや、一度も相手にされていないなどと誰も思うまい。男女の閨のことに関して、ジャニスが新しい夫に何かを言える立場にはない。

そう思っていても、何故だか心が落ち着かないし釈然としない。

「ジャニス……そんな顔をして、僕を煽《あお》らないでよ」

「煽っていません！　というより、そんな顔ってどんな顔ですか」

勢いで振り返って見ると、嬉しいとしか表現できない蕩けそうな顔をしたマリスがこちらを覗き込んでいた。

「大丈夫だよ。娼館には何度か行ったことがあるけど、最後まではしていないから」

「……は？」

「僕はジャニスを最高に良くしたいと思っていたんだ。きっと何も知らないままでは、無理だと思って。その練習に娼館は最適だった。お蔭で僕は自信を持って言えるよ。ジャニスがおかしくなってしまうくらい、気持ちよくさせてあげられるって」

「…………」

麗しい笑顔の夫は、清廉という言葉が似合う。しかし今、その容姿に似つかわしくない言葉が耳に届いた気がする。

空耳？　ジャニスは自分の耳がおかしくなったのかとまず疑った。寝台の上で、にこやかに妻を見る夫にどこもおかしなところは見当たらなかったからだ。しかし、夫自身がそもそもおかしいのだと気づくのはすぐだった。

「それに僕も、気持ちよくなるときはジャニスと一緒じゃないと嫌なんだ。だからこれまで誰にも挿れてない。初めては、ジャニスがいいから」

「…………」

それは眩しいほどにキラキラした笑顔で言うことだろうか。ジャニスは本能的な恐れを感じ、知らずその下から這い出ようとしたが、マリスは見逃さなかった。

「何逃げてるの？　どうして逃げるの？　僕から逃げられると思っているの？」

ジャニスは笑顔で迫る夫に表情を凍らせた。十も年下の男を怖いと思ってしまったからだ。

しかし何歳であろうと彼は男でジャニスは女だ。言いようのない不安がジャニスを襲う。

「ようやく手に入れたのに、逃げるなんて駄目だよ、ジャニス」

マリスは甘く、子供を諭すような優しい声で、今すぐ逃げ出したくなるような言葉を口にした。

「どこにも行けないように、僕で貫いてあげるね」

比喩のようでいて、実に直接的な言葉を耳にして、ジャニスは無意識に首を振った。

このとき初めて、ジャニスの不機嫌な顔が崩れた。その顔に新妻の艶めいた色気はなく、不安を与えられ叱咤を待つ子供のようになってしまったのは、ジャニスのせいではないはずだ。

胸を隠していた腕を強制的に取られ寝台に押し付けられる。

シュミーズの前を留めているリボンが胸の上で揺れたのを、目を輝かせてマリスが見た。見たのをはっきりとジャニスも見た。

どうしてそんな目で見るの？

期待を持たせて申し訳ないが、喜ぶものはそこにはない。他の女性と同じものが自分にもあるだけだとジャニスは思うが、マリスはこの世の何より素敵なものを見つけたと言わんばかりに嬉しそうだ。

「ん……っ」

「夢みたいだ。この胸に顔をうずめられるなんて」

マリスは溜め息とともに囁いた。彼は、ジャニスの腕を摑んでいた手を放すと薄い布に覆われた胸を包み、弾力を楽しむように顔を押し付けてきた。

「ああでも夢じゃないよね。これが夢だったら僕は起きた瞬間に世界を滅ぼしてしまうかもしれない」

馬鹿なことを言っているとジャニスが呆れていると、マリスは胸から少し顔を上げた。弧を描いた唇には白いものを挟んでいる。シュミーズのリボンだ。そのまま顔を上げて結び目を解く。もうひとつ下の紐も同じように解いていった。

どうして手でしないの!?

口で解く意味が解らず、ジャニスは解けた先から広がる胸元のレースを摑み、その下を隠すように合わせた。

「駄目だよ、ジャニス……見えないから」

見えなくしているのだ。ゆっくりと脱がされていく様を見せつけられて喜ぶ趣味はない。

これならば、さっきのドレスのようにあっという間に脱がされていた方がよっぽど羞恥心も少ない。

ジャニスをいなしながらも、マリスは笑っている。もう一度、ジャニスの手首を取って柔らかな寝台へと押し付けた。ジャニスはこれでも力いっぱい摑んでいたのだ。なのに、子供の癇癪を宥めるよりも簡単に引き剝がされて、無力さに情けなくなった。

「いや……っ」

とっさに身体を背けようと身を捩るが、それはリボンが解けたシュミーズが身体から落ちていくのを助けただけだった。

豊かな胸がふるっと揺れて、マリスはそれを息を吞むように凝視していた。そんなに見つめていても形が変わることもないし大きくなったりもしないと思うのだが、マリスは真剣だ。

マリスはジャニスの手を放し、直接下から持ち上げるようにして両胸を摑んだ。その間に顔を押し当てて、思うまま、好きなように胸の柔らかさを確かめて形を変えて楽しんでいる。ただ脂肪の塊を弄ばれているだけだと思いたいのに、口を開くと何かが我慢できなくなりそうで、顔を背けて唇を嚙んだ。

「……ッ」

手のひらに収まるジャニスの乳房を存分に弄んだ後、口を開いて肌を食む。ねっとりとした熱い舌が何の味もしないはずの肌を味わっている。

咬み付かれた瞬間、息を呑んだ。甘い痛みをジャニスに与えながら、マリスはそのままそこに何度も歯を立てる。見なくても解る。きっとそこには歯形がつき、真っ赤な色に染まっているだろう。その間にもマリスの唇は胸の頂に辿りついて、そのままぱくりと食べた。

「んんッ」

膨れた突起がマリスの口の中で好きなように転がされ、硬くした舌先で擽られ、強く吸い上げられる。ちゅく、と唾液が絡む音が耳に届いた。

「ん……っんっ」

身を強張らせ、目もぎゅっと閉じた。とてもじゃないが、直視できない状態だ。自分の胸なのに良いように弄ばれて、さらに舐めたり咬んだり、もはやされるがままだ。それは言いようのない不安に似た恐怖と、抑えきれない疼きを同じだけ湧き上がらせて、ジャニスをさらに混乱させる。

これは何だろうと必死で考えるが、答えは出てこない。閉じた唇に指を押し当て、開かないようにするので精いっぱいだ。

「ん、ん、んッ」

もう片方の乳首も同じようにいたぶられ、唾液で濡れた場所は彼の指先によって痛いほどの愛撫を施される。きゅっと摘まれると、咬まれたときに感じたものと同じくらいの何かが腰に響いた。

充分に堪能したのか、マリスはようやく頂から口を離す。しかしもう一度顔を胸にうずめて、柔らかさを全身で確かめるようにジャニスの身体を抱きしめた。

「ああ……柔らかい。ずっとこうしていたい……あー幸せ」

本当に、心からそう思っているような声でマリスが笑う。

もう若くない女の身体で満足するなんて、この青年は年上が好きなのだろうか。そういう偏った嗜好があるというのは聞いたことがある。そのマリスは一呼吸置いて身体を起こし「ちょっと待って」と告げて寝台から一度降りた。身につけていたままの自分の服を脱ぎ始める。

ようやくマリスの腕から解放されたジャニスは、逃げるなら今だと頭のどこかで思いながらも目の前で恥じらいなく肌を見せる夫から視線を逸らせなかった。ジャケットもシャツもあっさり脱ぎ捨て、その肌がほとんど露わになって、いよいよ下着に手を掛けたところで、ジャニスは我に返って顔を背けた。

顔が熱い。マリスは男の身体をしていた。

三年も騎士団に在籍していたのは伊達ではないようだ。そこにあったのは、若く美しい鍛えられた肉体だった。

そこでふと、ジャニスは自分の身体を振り返る。若々しいマリスに対し、男を知らないとはいえ自分はもう若い身体だと胸を張れない。衰えが見え始めていると思う。いつもはコルセットに包まれている胸も、小さいとは思わないが、何もしていない今、垂れ下がりそうで怖い。今の今までマリスに揉まれていたが、それすら恥ずかしくなってジャニスはもう一度胸を手で覆った。身体を起こし逃げるようにマリスに背を向ける。

「どうしたの？」

背中にかかる声は、しっかりとジャニスを追いかけてきて、髪をまとめ上げていたピンを引き抜き濃い栗色の髪を背中に流した。

「そんなふうに逃げても、ますます煽るだけだよ？」

「そんな……っ」

煽ってはいない。逃げようとしただけだ。けれどマリスの腕はあっさりとジャニスを捕え、後ろから抱き込んでくる。

「隠されると暴きたくなるね」

笑いながら、マリスはジャニスが必死で隠した胸を後ろから弄ろうとする。腕に力を込めて、身体を捩って拘束から逃れようとするが、ジャニスの力がマリスに敵うはずはない。

脇の下から強く潜り込み、腕の下に隠れた乳房をもう一度摑まれ揉み込まれた。

「いや……っ」

「ジャニスはどんな声も可愛いね。もっと言って？」

耳元で擽るように囁かれて、ジャニスはぞっとした。冗談でもからかっているわけでもないようだ。しかも怖いくらいに執拗な熱情が、後ろから感じられる。

「ジャニス……」

広がる髪に隠れた耳を唇で探し出し、名前を呼ぶことで開いた唇で耳朶を食みながら、舌がその形を伝う。ジャニスは胸を隠すのは諦めて、丸く回すように揉んでいた手を引き剝がそうと指を掛ける。そこでジャニスは恐怖を覚えた。

ジャニスを呼ぶ声は甘い吐息のようだ。それが安心できる甘さではないことを、ジャニスは察した。

これはまずい気がする。

経験もなく、女としての人生を諦めていただけに、ジャニスはどうしていいのか解らない。解るのは、このままだと戻れなくなるということだけだ。夫婦としての行為を知らないわけではないが、知識として知っていただけで、実際にいたすとなると不安も感じることを理解した。それを教えてくれるのが年下の夫であり、内容が想像以上に濃い。すべてを教えられたとき、ジャニスはこの夫から離れられるのだろうかと自分の弱さに震えた。

ジャニスが躊躇っていることはマリスにも伝わったのか、乳房を遊んでいた手が優しく身体を包み込む。

「怖い？　初めてだもんね？　出来るだけ優しくするけど、止まらなかったらごめんね」

後ろから抱かれると、ジャニスは男女としての体格の差を感じ、自分の小ささに情けなくなる。

その間にも、マリスの手はジャニスの腕から胸の上、脇腹、お腹の上とすべてを這うように撫でていく。マリスに侵食されていく場所が増えるたび、ジャニスの不安は大きくなる。

しかしそれより、今聞き逃せない言葉を耳にした気がする。

「……初めて、って」

「ん？」

「どうして、私が、初めてだと、言うの？」

忘れ去られていた存在だったが、ジャニスは陛下の側室だったのだ。実際はどうあれ、側室だった者を処女だと思う人間はいないだろう。事実を知る者は少ない。いや、今やもう知っているものはジャニス自身と陛下だけかもしれない。なのにマリスはどうしてジャニスが一度も陛下と肌を合わせることがなかったと知っているのか。マリスは誰から聞いたのか、当事者からだとすると、相手はひとりしかいない。

その相手を考えて、答えを知るのが怖いとどこかで思いながらも、問うことを止められなかった。

震えながらも肩越しに振り返った先には、口端を上げたマリスがいた。その笑みは、優しそうだとか大人しそうだとか、最初に抱いた無害な印象を裏切り、年相応とも思えないものだった。本能的に逃げようと身体を動かしても、マリスの強固な腕の抱擁から抜け出せなかった。

「だって、僕が陛下にお願いしたからね」

「……何を？」

「ジャニスに手を出さないでくださいって。あんなにも誰かに必死でお願いしたの、初めてだったよ」

「……なんですって？」

確かに聞こえたはずなのに、その言葉の意味が理解できず、ジャニスはそのまま固まった。

ジャニスが側室になったのは十年前である。その間、一度も陛下はジャニスに会いに来なかった。それが本当に、この夫の願いが聞き届けられた結果だとしたら、いったいその願いはいつのもので、どういう意図があるのか。

十七歳の夫の十年前。ジャニスは強張ったままの顔で夫をじっと見つめると、真剣な目が見つめ返してきた。

「十年前、会っているんだよ。覚えてないかな」

「……十年前って、だって、貴方」

「僕はちょうど、七歳になっていたかな？　父上に連れられて、初めて王城に入ったときだったね」

「な、な……ななさい、の、貴方が？」

ジャニスに手を出すなと、陛下に願ったと言うのだろうか。

理解できないというよりしたくないという想いを絡ませてジャニスが訊くと、マリスは嬉しそうに笑った。

「初恋だったんだ。それが叶うまで――十年かかった。ジャニス、貴女を、この腕に抱けて、本当に嬉しい」

初恋？　十年？　そんなことを言われても信じられない。ジャニスが眉を寄せて口を開く前に、振り返ったままの無理な体勢で、唇を塞がれた。背けようにも、顎を押さえられてそのまま深く口付けられる。

「ん、ふ、ぁ、んっ」

音を立てて舌を絡めながら、マリスは手を止めなかった。

残っていたシュミーズの結び目をあっという間に解き、ドロワーズの腰紐も解いてしまうと肌と布の隙間に手を差し込む。

「んん――ッ」

硬い指が、ジャニスの足の間に滑りこみ、襞の間を割って熱い場所に潜り込んできた。

その指先が、ぬるりとした感触を辿ったのを、ジャニスは自分の身体で感じた。どうして濡れているのかは考えたくない。だというのに、マリスはわざわざ口付けを止めて笑う。

「ああ、ちゃんと感じてくれてるんだ……嬉しいな、ジャニス」

「あ……っや！」

「もっと感じて、ね？」

「や……っいや、いやっ」

必死にもがいても、マリスの腕から逃れられない。片方の手は身体を抱え込むついでに乳房を弄び、もう片方の手はドロワーズの中で必死に閉じている足の間を強く探ってくる。手首を摑み剝がそうとしても、そのまま襞の中を縦に何度も擦られて、ぬちぬちと湿った音が耳に届く。

その淫らな音を聞いていられず、ジャニスが上体を折り曲げ、小さく身を縮めると、マリスは何故かあっさりとその抵抗を認めた。這ってでも逃げたい。

寝台に手をついたジャニスは、ドロワーズの中の手を引き抜いて前に逃げようとしたが、それ以上のことは許されなかった。

四つ這いになったジャニスの後ろからマリスが覆いかぶさってくる。拘束が緩められたのは、ジャニスに逃げ出す許しを与えたのではなく、この恰好にしたかっただけなのだとジャニスにも解ってしまった。

シュミーズを剝ぎ取り、乱れた髪をすくい上げて右肩の方へすべて落とす。現れたうなじに、マリスは恭しく唇を落とした。浮き出た骨を舐めて、細い肩にも甘咬みを繰り返しジャニスの肌を味わっている。

「やぁ……っ」

「柔らかい……本当に、どこも、全部、食べてしまいたい」

食べたいというのはその通りの意味なのか、マリスは愛撫の手を止めることなく唇の届く場所すべてを舐めて確かめ、甘く咬み付いてくる。

恍惚という言葉が相応しいマリスの声と共に、ジャニスの秘められた場所に硬いものが押し当てられていた。突き出す体勢になっていたジャニスの臀部に強く擦り付けられる。

それが何なのか、下着越しでも理解できる。

「んん――……ッ」

「ジャニス……」

「っあ！　だめっ」

もう無駄なことだと思いながらも、ジャニスは抵抗の声を上げずにはいられない。

マリスの手がドロワーズを腰から下ろし、隠れていた肌をさらけ出す。強い腕に身体を返され、もう一度寝台に転がされた。太ももの上で留まっていたドロワーズもあっさり足から引き抜かれると、ジャニスは自身の視界がぼやけていることに気が付いた。

結婚して、夫と寝台にいるのだ。この先に何があるのか、充分知っているはずだった。この夫のためではなかったけれど何度も勉強したし、知識もたくさんあった。想像の中では、大丈夫だろうとも思っていた。落ち着いて身を任せていればそれでいいと考えていたのだ。

それでも、いざ現実となると、怖いものは怖い。閉じた膝に手を掛ける夫が、まだ若く美しい身体をしているから、さらに不安が増したというのもある。

「だめ……っ」

駄目と言っても聞いてもらえるはずがないのは解っている。それでも言わずにはいられなかった。強く力を入れて閉じた膝さえ、マリスには何の抵抗にもならないのだ。

膝の間に指を滑らせ、ゆっくりと開かれる。誰にも見せたことのない場所が、マリスの前に曝け出された。今のジャニスに残されたものは、不安と恐怖と、そして羞恥だ。逃げ出すこともできず、隠れるところもない。どうしていいのか解らず、ジャニスは潤む目でマリスを睨んだ。

一方マリスは指で散々確かめた秘部をじっと見つめて、躊躇うことなく顔をそこへ寄せた。何をするのか本能的に察したジャニスは、手を伸ばして止めようとするものの、やはり意味はない。

「いやぁっ」

指で割った襞を、口腔を弄った舌が割って舐める。水音が聞こえるまで弄られ、指が濡れた中に触れる。

「いや――……っ」

「嫌なんてジャニス……こんなに柔らかくてとろとろなのに？」

うそつき、と吐息と一緒に笑われた。

充分に濡れた指が、ジャニスの中にゆっくりと侵入した。口の中に舌を入れられたときと比較にならないくらい、おかしくなりそうだった。自分の中に、自分以外のものが入るという感覚に、ジャニスはとうとう声を我慢することができず乱れた。

「っんぁあ……っ」

「……ジャニスの喘ぐ声だけで、僕イけそう」

「んあぁんっ」

浅い場所で指が抜き差しを繰り返す。それと同時に、舌が襞を割って硬くなった芯を捕えて絡んだ。

身体の中に指がある。想像もしていない場所を舌が這う。痛みがないわけではないし、不安がないわけでもない。しかし思わず腰が浮き上がるほどの何かが、確かにジャニスを襲った。

これからどうなってしまうのか。それは誰よりもジャニスが一番解らないことだった。

娼館で練習したというマリスの言葉は嘘ではなかった。

何もかも初めてのジャニスには、これがそうなのか判断はつかなかったが、確かに絶頂というものを体感したのだ。

指南書には、こんなことは載っていなかった。ジャニスが教本にしたものは、初心者向けだったようだ。いや、確かにジャニスは初心者であるから、選んだ本に間違いはない。ただ、初心者相手に暴走する夫がおかしい。

ちょっとは加減というものを考えてほしい。ジャニスはそう言いたいのに、もはや言葉を発する力さえない。追い上げられてその先に何があるのか解らない不安のまま、ただ自分の中にも、これが快楽だというものを見つけられた。

四肢を投げ出し、既に抗うこともできないジャニスにかぶさり、乳房の柔らかさを確かめながらいくつもの赤い痕を残していくマリスの、その片手はくちゅくちゅと音を立てながら開いた襞の中でまだ抜き差しを繰り返している。

「ん……はぁ、ん、んっ」

ジャニスの中にある、マリス曰くおかしくなるくらい気持ちいい場所を探り当てられたときは、本当におかしくなると思った。

時折、指先がそこを撫でていくのに、ジャニスの身体がびくんと震える。膣の中を探る指が増え、そこを広げようとしていることにぼんやりした頭で気づいたとき、ジャニスはこの先にあるものを思い出した。

眦からは、何度も流れた涙の痕がある。新たに溢れた涙も零れたままにしているが、拭うことすら億劫なジャニスに代わり、マリスがそこを舐める。

目を眇めながら瞬き、自分に覆いかぶさる夫の身体を見る。思考はまだぼんやりとしているが、視界は鮮明だ。柔らかいと言われた自分に比べて、マリスは鍛えられていて硬いと思う。

その中心で存在を主張している猛った欲望は、臍につきそうなほど上を向いていた。あれをどうにかしなければ、この行為は終わらないのだろう。

ジャニスは直視し続けることもできず、少し顔を背けて目を伏せた。

「ジャニス……挿れさせて」

ジャニスを探る指先も、肌にかかる呼吸も、余裕がなくなっている。熱を孕んだ声は、何かを我慢しているのが解る。

既にジャニスの身体はジャニスのものではない。指先すら思うように動かせず、四肢もマリスの思うまま操られる。それでもなおジャニスに決めさせようとする年下の夫が憎い。不機嫌な感情のまま顔を顰めて、強く睨んだ。

ジャニスができることはそれくらいだ。ジャニスの返事がないからとここで止めるのも、ジャニスの意思を無視して押し切るのも、すべてはマリス次第。そう、マリスのせいだ。ジャニスは受け身でいたい。不機嫌になるしかないけれど、後で文句を言える立場でいたい。

夫婦なのだから、この行為に文句など言えるはずもないのだが、ジャニスが願って今ここにいるわけではないのだから、それくらいは許されたいと願う。いや、それくらいしか許されないのだ。ジャニスに決めさせることがマリスの自由なら、それを拒否することがジャニスの自由だ。

マリスのせいでこんなことになっているのだから、責任は最後まで取れ。そう思って睨みつけたというのに、その視線の先で、若い夫は嗤った。

逃げる力もないジャニスが、逃げ道を探して視線を彷徨わせ、緩んでいた身体を硬直させるほど美しく嗤ったのだ。その目は獲物を見つけた獣のように煌めいている。それは、十七歳の青年の目ではない。そして若い夫の目でもない。

「そんな目をして誘うなんて、ジャニスは本当に可愛いね」

誘っていないし、可愛くもない。

睨みつけたジャニスの顔は涙でぐちゃぐちゃに汚れ、普通ならふためと見られないもののはずなのだから。その中には怯えも確かにあって、マリスはそれを感じ取ったに違いないのに目を細めてジャニスの右足を開いて膝裏を抱えた。

ジャニスにできた抵抗と言えば、力なく首を振るくらいで、マリスはそのままジャニスの中心へ自分の欲望を擦り付けた。

「ん、ん……っ」

襞を先で割ろうと腰を揺らす。濡れているのをさらに濡らそうとするその行為に、ジャニスはもう一度首を振った。

もう止めてという意味だったのに、マリスは楽しそうに笑って息を吐き出す。

「我慢できなくなった？　僕も、もう我慢したくない……」

「や、ちが……っあ、あぁ——ッ」

足はさらに広げられて、指で散々に弄られ解された場所に硬い塊が押し入ってくる。

「い、やぁ……っ」

指で慣らした行為など、遊び程度だ。マリスのそれは想像以上に大きく、予想以上に硬い。熱せられた棒が押し込まれるようで、ジャニスは腕を突っ張り、精いっぱい止めようとした。

痛い痛いいたい。

悲鳴さえ満足に上げられないほど苦しいのに、マリスは口元に笑みを浮かべたまま止まることはなかった。

「もうちょっと……キツイね、なか」

自分も苦しいと言うように額から汗を垂らしながら、しかし嬉しそうに腰を押したり戻したりを繰り返し、奥へ奥へと進んでくる。

「ひ、あ、あぁ――……っ」

ぶつん、と身体の何かが切れた気がした。溢れる涙を止めることもできず、嗄れた悲鳴が零れた。全身が震えるように痺れて、指など比較にならない塊が体内にあることだけを教えられる。

こんなこと、知らない。やはり教本は、教本でしかなかった。

想像以上に苦しいのは、自分がおかしいのかマリスがおかしいのか。ジャニスはひとつに繋がったふたつの身体が一番おかしいと思った。

「すごい……熱い、何だこれ、どうなってるんだ」

すべてをジャニスの中に収めたマリスが、熱に浮かされたような声で繰り返す。

「ちょっと痛いけど……むちゃくちゃ気持ちがいい、これ。どうしようジャニス」

呆然とするジャニスの頬に手を当て、焦点も合わない濡れた目に自分を映そうとするマリスは子供のように無邪気だ。

「ずっと挿れててもいい？」

抜きたくない、ともう一度存在を教えるように腰だけを揺らされて、ジャニスは息を呑んで首を左右へ振った。

もう抜いてほしい。それがジャニスの願いだ。

こんなに苦しいなんて思ってもいなかった。世の中の女性たちはこんなことを本当に受け入れているのか、不思議に思うくらいだ。開いた足も、思い出したように痛みを訴え始める。

しかしマリスは目を細めた。それがジャニスの想いと重なることはないと、今日一日でジャニスは充分に思い知っている。若い夫の笑みには、ただ絶望を感じた。

「ごめん、そうだよね。動かないと良くならないよね」

「ひぅ、うぁん……っ」

にこやかに、ジャニスの腰を押さえて自分の腰を一度引いた。そして浅い位置で、もう一度挿入される。ゆっくりと引き抜き、もう一度押し込む。その動きを繰り返し、マリスは見え隠れする自分の雄を愉快そうに眺めていた。

「ん、あっあ、く……っあぁっ」

鈍い動きではあるが、ジャニスにはやはり痛みと苦しみしか感じられない。

意識がそこだけに集中して、身体が固まっていく気がした。

「きついな……ごめんジャニス、ちょっと浮かれているね、僕」

あまりにも楽しくてと笑うマリスは、やはり面白がっているのだ。気持ちよくしてくれ

ると言ったのにと、ジャニスは気持ちだけは抵抗の意思を保ったまま思い出す。

全然気持ちよくない。痛いだけだ。これが夫婦にとって必要なことだというのなら、やっぱりジャニスは夫婦になどなりたくない。

ありったけの気持ちを込めて睨みつけると、マリスが年齢にあった笑顔を向けた。

「一緒に気持ちよくなろうか」

「え……っあぁっ」

腰を摑んでいたマリスは上体を倒し、両手で柔らかい乳房をまた揉み始める。

笑んだ唇は、そのままジャニスの口を塞いだ。

「んー……っんんっん！」

強弱をつけて胸を弄られ、口の中のすべてを舐められる。汗の浮いた肌を余すところなく探られて、先ほどまで散々弄られた襞の中に隠れた芯にも泣き出すほどの愛撫を受けた。

全身でマリスから与えられるものを受け止めているようで、ジャニスは自分が今どうなっているのかが解らなかった。

ただ触れられたところから痺れて、知らずに腰を揺らしていたことに気づいたのは、マリスを受け入れた場所から痛みが分散されてからだ。他に気を取られて、痛みどころではなくなってきていた。

「んはっあっんぁ、あっ」

マリスが腰を揺らしていることにも遅れて気づいた。

ゆっくりとした前後の動作だが、さっきよりも楽に動いているのは確かだ。

「気持ちいい……どうしようジャニス、気持ちいい、イきそう」

「やっん！　あっあっあぁんっ」

胸や尻、太腿《もも》も柔らかな場所はどこもさらに柔らかくされた。肌の上も、身体の中でさえ、もうマリスが触れていないところはない。頭の芯が熱くなって、身体が痺れて、膣の中を掻き回す塊が動き続けると、それが快楽に繋がってしまうのだとジャニスは教えられた。

娼館で練習したという夫は、そんなことまで教わってきたのだろうか。

ふとそう思うと、一度感じた快楽さえ霧散し、もやもやとしたものが胸の中で渦巻いていく。どうして気分が悪くなるのかは考えたくないが、不機嫌になったまま喘ぐ声を止められず、のしかかる夫をねめつける。

「……ジャニス、もっと強く？」

いいよ、と笑顔で了承するマリスに、そんなことは言ってもないし望んでもいないと否定の声を出そうと口を開く。けれど視界がぶれるほど強く揺さぶられ、溢れるのは自分の淫らな声だけだった。

「あぁんっあっあっあんっ」

「ジャニス……イきそう、ごめん、イっていい？」

言葉と同時に、両足を抱えて限界まで広げられる。ジャニスの薄い腰をがっちりと両手で摑んだまま膝を立てたマリスは、激しく腰を打ち付けてきた。ジャニスが揺さぶられているのか、マリスが突き上げているのか、解らないくらいジャニスは揺れた。

浮かれたようなマリスの声にも、ジャニスは返事などできない。しかし、マリス自身も本当は答えなど待っていないのだ。部屋の中には、肌と肌がぶつかる音だけが忙しなく響いている。

「あー……っもう、無理っ」

「あ、ん、はぁ、あっあぁっあぁぁぁん！」

視界がぶれる程の律動の最後に、合わさった肌から骨をぶつけられるほど強く突き上げられ、ジャニスの中にあった塊がさらに大きくなったと思ったのと同時に、一番奥で熱い飛沫が吐き出された。

射精したのだ。ジャニスの中で。

夫婦なのだから当たり前のことだと思う反面、それがジャニス自身にもこんなに衝撃を与えるものだとは知らなかった。

熱かった。中で吐き出されると、搔き回されて突き上げられるのと同じくらい、快感を得られるのだとジャニスは初めて知った。そして痛みだけだと思っていた挿入が、ジャニスにそれ以外の感覚を植え付けていることも知った。

達した夫は汗の浮いた身体で深呼吸をするように息を吐き出し、寝台にぐったりと四肢を投げ出している妻を見下ろすと、目を細め唇を開いた。

「めちゃくちゃ気持ちいいね、中で出すのって。ジャニスの中、すごく気持ちいい。どうしよう、やっぱりずっと挿れていたいなぁ」

「…………」

ジャニスは言葉は発せなかったが、馬鹿なこと言わないでと虚ろな目を向ける。睨んだつもりだった。麗しいという形容こそが似合う夫の言葉が、その外見をすべて裏切ることをもうジャニスは理解している。これに適当に相槌を打つと酷いことになるとも知っている。

もう離れてほしい。

行為は終わったはずだ。もうこのまま眠らせてほしいと思うほど、ジャニスは疲れ切っていた。

「ジャニス……またそんな顔をして」

困った奥さんだなぁとマリスが喜んでいる。どんな顔に見えているのか問い質したいが、きっとジャニスの思うような答えは返ってこない。そして歓喜のままに緩んだ唇を、顔に降らせる。

意思の疎通がまったく取れていない。まだ挿入されたままのマリスの雄は、衰えるどころかもう一度膣の中で硬さを取り戻している。

「このまま続けて出来そう。中で出しちゃったから、さっきより動きやすいよ」

「……………？」

試すように腰をひとつ揺らしたマリスの言う通り、陰茎は何の抵抗もなく、膣内でぬるりと動く。

「十年分あるから、ゆっくりって思ってたけど、初夜くらいずっと挿れててもいいよね」

「……………!?」

初夜というが実際のところ、まだ陽は高い位置にあるはずだ。これが夜まで続くと言われると、ジャニスは目の前が真っ暗になる。

ぼんやりとしたままだと、マリスに今まで以上に好きにされてしまう。どうにかしなければと思うのに、身体はジャニスの言うことをきいてくれない。

無理、と首を振ったのは無意識だ。恐らく涙も堪えきれていない。

しかしマリスは揺れる顔を押さえて深く口付けてくる。もう無理、と力を振り絞ってマリスの腕に手を伸ばし引き離そうとしたのだが、逆に手を取られて重ねられた。

「ん、あ……ん？」

深い口付けに苦しくなって見上げると、マリスはジャニスの指の間に自分の指を挟み、そのまま寝台に押し付けていた。

抵抗できる手を縫い付けられると、ジャニスは身体を隠すこともできない。ちゅっと音を立てて唇を離し、マリスは楽しそうに腰を前後に揺らし、浅い抽挿を楽しんでいる。

「んっはっあ、あ、んっ」

「ジャニス……好きだよ」

無意識に声を上げながら、ジャニスは思考が途切れた。一瞬何も考えられなかった。

夫の告白に耳を疑う。通常、陛下の側室を貫い受けることは、何かしらの利益があってのことだ。陛下の情けを頂いた女は、普通の貴族よりも価値があるとされているからだ。だから後宮を出て行く側室たちは、すぐに次の行先があって、後宮にいられないからといっても困ることはない。

しかし王の渡りが一度もなかったジャニスは別だった。

だから女官として働くことを考えたのに、ジャニスはどうしてか今、夫の下にいる。自分を娶っても、何の利益もないはずなのに、おかしなことだと思っていたのに。

もしかして、自分は本当に、彼に望まれてここにいるのだろうか。その想像に、心の中に浮ついたものが起こらなかったわけではない。

しかしジャニスはジャニスだった。現状を見て、そんな小さな期待はすぐに消す。ジャニスは二十七歳だ。初めて夫と性行為をするには遅く、若さも体力もない。

一方マリスは十七歳だ。若く美しい夫は、騎士団にいただけあって体力も人並み以上のはずだ。この行為も体力的に長く続けられないジャニスは、抱き潰されるかもしれないと不安でいっぱいになった。

元気に身体を揺らす夫に、本当に一晩中寝台に押し込められるのかもしれないと、ジャニスは恐怖に揺れた。

「やっむり、もう、むりぃ……っ」

「大丈夫、ジャニスは寝ているだけでいいよ？」

そういう問題じゃない。やはり、この結婚はジャニスの機嫌を悪くするものでしかないのだと改めて認識した。

笑顔の夫を、ジャニスは情けない顔で睨みつける。それが精いっぱいの抵抗だった。


翌日、午後を回ってからようやく起き上がれるようになった子爵夫人は、いつものごとく唇を結び、目を据わらせていた。

「奥さま、今日もお綺麗です」

「奥さま、疲労回復にお湯浴みのご用意が整っております」

「奥さま、体力をつけるようにと料理長が食事をさらに改良いたしました」

ジャニスの周りにいる侍女たちは、今日も笑顔でジャニスを子爵夫人に仕立てる。気だるげなジャニスを見て、新妻らしい色気が美しいなどと言われても受け入れられない。本気でそう思っているのかと胡乱な目を向けても、ジャニスより若い侍女たちは笑みを崩さない。

疲れを取ったらまたあの行為があるのかと思うともう一度倒れたい。さらに付き合わされるために体力をつけろというのなら、ジャニスは逃げるために使いたい。

しかし恐らく、ジャニスがここから逃げられることはないだろう。

子爵夫人は、今日も不機嫌だった。

二章

願い続けた人を、とうとう手に入れることができた。

マリスはその実感に浸り、幸せな現実に頬を緩め堪能していた。少しでも空いた時間があれば腕に抱いて、夢ではないことを確かめねばならないほど不安がなくなったわけではないが、しかし腕に抱いていても誰に諌められることもない。

だから今日も柔らかな肢体を思うまま抱きしめて、すべてを自分に刻み付けるように確かめるのだ。

「旦那さま、お食事の時間は守っていただかないと困ります」

「旦那さま、奥さまの体調を考えていただかないと困ります」

「旦那さま、一日一度の入浴は奥さまのために必要でございます」

使用人たちが毎日言う小言も愛する人のためなら受け入れることができた。

妻の名はジャニス。以前は陛下の側室だった年上の女性である。元側室とはいえマリスとは身分違いで、さらに彼より十歳も年上という事実に、社交界に衝撃が走ったのはマリスも知っている。子爵の身分ではあるが、マリスの父は王の側近でもあるバドリク公爵で、いずれは父の跡を継ぎ公爵になることも周知の事実だ。

さらにマリスは十七歳という若く麗しい青年でもあった。よってマリスを射止めようとする貴族令嬢たちは掃いて捨てるほどにいた。しかしマリスはそれらをすべて無視して、長年想い続けていた最愛の女性と結婚した。

十年も想い続けていた人が腕の中にいるのだ。これ以上の幸せがあろうか。

マリスは騎士団に三年在籍していたが、それもジャニスに会いたいと思っていたがためだった。ジャニスを陛下から譲り受けるために、公爵子息という身分よりも確かな地位が欲しいと必死になった結果が子爵の地位だ。配属先を騎士団から王城に替えてもらったことも、騎士団にいたままではジャニスと毎日会えなくなるからだ。仕事の内容は複雑で面倒で地道なものばかりだが、陛下に言わせると、そもそも国の中枢の仕事は民がつつがなく暮らすための裏方作業になるらしい。これもジャニスと日々を過ごすためだと思えば、面倒だが必要な事なのだろう。そうまでして手に入れた最愛の妻なのだ。マリスは幸福の中にいた。

今日も今日とて、マリスは朝目覚めたときにジャニスが腕の中に居る幸せに浸り、そしてそれを堪能していた。

「ジャニス……聞いてる？」

「ん、ん……っな、何が？　あの、もう、止めて、朝から……っ」

腕から逃げ出そうと身体を起こすジャニスを追いかけ、寝台の上で後ろから抱きしめる。薄い夜着はマリスが一生見ていても飽きない美しい肢体に絡んでいて、それを見ただけで達してしまいそうだった。

夫婦の営みは夜のうちに終わるが、それはジャニスの体力がそこで尽きてしまうからだった。マリスは、朝までだって続けられるだろう。十年間ジャニスに抱いてきた劣情はそんなに簡単に途切れるものではない。もっといろんなことをしたい。もっといろんな顔が見たい。マリスの想いはますます募って溢れ出すばかりで、治まることはきっとない。

意識を失うように眠りについたジャニスの身体を清めるのはマリスの役目である。ジャニスの身体に触れることができる権利を、他の誰にも譲ったりはしない。

眦に残る涙の痕や、汗の浮いた身体。脚の間からとろりと零れる精液を拭うことも、楽しくて堪らない。意識のないジャニスの身体を使って射精してしまったことも一度や二度ではなかったが、止められるものでもない。

ジャニスの身体に残る、自分だけが付けた痕に満足して夜着を着せる。そうしてようやく満足して眠りにつき、朝、腕の中に居るジャニスの存在に嬉しくなって再び身体を弄るのだ。

丸みを帯びて膨らんだ乳房を夜着の上から掌に収め、指先でその先端をくるくると撫でる。何度か爪で弾いてやると、腕の中の身体がびくりと震えた。

背中に流れる濃い栗色の髪を掻き分け、甘い匂いのする首筋に唇を落とし柔らかく口付ける。

「ん……っも、う、いい加減にっ」

乳房に触れるマリスの手にジャニスの細い腕が掛かる。マリスはそれから手を逃して、脚の付け根に移動した。

ぎゅうと閉じられた脚の間に、夜着の上から指を一本だけ押し入れる。

「んんっ」

そこにある筋を確かめようと、何度も指を上下する。ただそれだけだ。乳房は強く揉んではいないし、愛しい襞の中も弄ってはいない。

しかしマリスはそれだけで嬉しくなった。腕の中で、ジャニスが何かに耐えるように震えている。そのことにもマリスは喜んだ。

「ま、マリ、ス……っ」

「旦那さま」という素っ気ない呼びかけを名前で呼ぶよう直させるのに一晩かけた。

お蔭でマリスはジャニスの声に呼ばれるたびに目を細められる。

「なぁに？」

耳朶を食みながら聞いてやると、ジャニスは逃れるように肩を寄せる。恥じらいを見せる仕草に、マリスは笑った。

もうすべてを見た。すべてに触れた。ジャニスの身体で知らないところはないというのに、ジャニスはまだマリスから逃げようとするのだ。

あまりに可愛くて、触れるだけだった乳房を強く摑み、脚の間にあった指を鉤形にしてそこにうまったものを起こしてやろうと刺激する。

「んあんっ」

またジャニスの身体が震え、さらに小さくなろうと身体を丸める。

恥ずかしがって小さくなろうとするジャニスの身体を開くことは、最近できたマリスの楽しみだった。

「やっやっマリス、マリ、スっ」

強く抱きしめて柔らかい乳房がどこまで変形するのかを楽しもうとすると、焦ったようなジャニスの声がそれを止めた。

「ん？」

聞いてあげようと耳元で促すと、濡れた睫毛をふるわせて潤んだ目が見つめてくる。

ああ、その顔で強請られたらもう我慢ができない。マリスはそのまま襲いたくなった。

しかし愛する妻のために、その震える唇が開くのをじっと待つ。

「さっき、何かおっしゃって……」

問われて、マリスは起き抜けに伝えた内容を思い出す。どうやらジャニスは聞き逃していたようだ。

「ああ、今日の予定だよ。陛下に呼ばれているんだ。どうしてもジャニスと同伴で王城に来るようにと」

「……は？」

「まったく陛下も無粋だよね。まだ会えて二週間しか経っていないのに。二人きりの時間を邪魔するなんて許せないと思わない？　一緒に行って、僕たちがどれだけ愛し合っているのか、見せつけてやろうよ」

ね、と笑いかけると、甘そうなチョコレート色の瞳が真ん丸になっていた。取り出してしゃぶったら、きっともうチョコレートでは我慢できなくなるだろう。

しかしジャニスの顔は一瞬の後、血の気が引いたように青ざめた。

「ジャニス？」

「な……っなっなん、なんで、そんな、いきなり……っ」

「いきなり？」

「そ——そんな、大事なこと、今日、いきなり！」

「大事？」

そんなに大事なことだっただろうか。

マリスがおうむ返しに問い返すと、ジャニスは腕の中から抜け出そうともがいた。

「離してください！　ああ、もうどうしたら……」

見るからに慌てた様子のジャニスは、身体を起こし寝台から降りようとする。

そんなに心配しなくてもいいのに。天蓋のカーテンに手を掛けたジャニスを、マリスはもう一度腕の中に抱き込んだ。

「大丈夫だよ、ジャニス。ドレスも全部用意してあるから。君は馬車に乗って、僕の手を取って一緒にいるだけでいい」

「そういう問題じゃ……っあ！」

なおも抵抗する身体を返し、寝台に仰向けに倒して上から覆いかぶさった。

「じゃあ何？　陛下に会うのに、何が要るの？　何が問題？　ジャニスは陛下に会いたくないの？　それとも……会いたくて堪らないの？」

口端を上げて笑うと、ジャニスは表情を凍らせた。

本当は、ジャニスを陛下に会わせたくはなかった。なにしろ二人は王と側室だった間柄なのだ。幼いマリスの願い通り、陛下はジャニスに手を出さないでいてくれたとはいえ、ジャニスは陛下をずっと待っていたはずだ。

もしかしたら、マリスと結婚した今も気持ちがあるのかもしれない。

そう思うとマリスは平静ではいられなくなるのだ。

「……じ、時間が、かかるでしょう？　用意に、だって」

「どうして時間をかけるの？　陛下に会うだけなのに、そんなに綺麗にしたいの？」

「もちろんです、だって私、そうしないと……」

あっさりと肯定されて、マリスは笑顔を貼り付けたまま、心が急激に冷たくなっていくのを感じた。自分の中に、残虐なものがあるのを知っている。

この世界に欲しいものはジャニスだけだ。ジャニスがいれば他に何も要らないし、ジャニスが望むのなら何だって手に入れてみせる。ジャニスがただ傍に居てくれることが、マリスにとってどれほど嬉しいことなのかジャニスはよく解っていないようだ。

しかし、ジャニスがマリス以外を望むとなると、話は別だ。この世界を消してしまいたいと思うほど呪うだろう。相手の男は、まず最初に消しておく。切り刻んで存在もなかったことにするかもしれない。その相手が陛下だと、少し面倒になってくるが、きっとそうしてしまう自分がいることをマリスは自覚している。今は、目の前にジャニスがいるという事実のお蔭でほんの少し残った理性をもってその衝動を抑えているというのに、ジャニス自身がそれを壊そうとする。

ジャニスの両肘を摑む手の力が、知らず強くなっていた。ジャニスの顔が苦痛に歪んでいる。しかし決して悲鳴を上げまいと息を呑んで耐えている。その顔が面白くなくてそのままぎゅっと力を込めた。きっと痕が残るだろう。どんな痕だろうと、ジャニスに残るものはすべて自分が付けたものだ。ジャニスもその痕を見て、マリスのものになったと自覚すればいいいと暗い愉悦に唇が歪んだ。

「そうしないと、何？」

マリスは、陛下との謁見はやはり取りやめようかと思い始めていた。

寝台の支柱に足を鎖で繋ぎ、夜着さえ身に着けさせずずっと留めてしまいたい。会う人間はマリスだけでいい。食事も入浴も排泄だってマリスが自ら世話をする。

それはとても幸福なことではないだろうかとマリスが一層笑みを深くしたところで、ジャニスが先ほどの続きを口にした。

「……貴方の隣に並べないわ」

「僕の隣？」

よく解らず訊き返すと、ジャニスは涙目のままマリスを強く睨みつけ、けれどそれから狼狽えるように視線を彷徨わせた。

「あ、貴方は、それでいいのかもしれないけれど、私、だってこんな歳で、貴方より十も上で、どんなに高価なドレスを着たって」

みすぼらしい。消え入りそうな声でそう嘆くジャニスに、マリスはさっき感じた幸福とはまったく違う種類の歓喜を感じた。

背すじがぞくぞくし、身体が震える。身体の奥から湧き上がる疼きが吐き出される場所を求めて、マリスの中を襲っているようにも感じた。

世界中が鐘を鳴らし、花を降らせ、祝福がここに満ちている気がする。

「ジャニス!」

「えっきゃあ!」

マリスはふくよかな乳房の間に顔をうずめ、細い脚を開きジャニスの夜着を捲り上げて、その間に熱くなった自らの欲望を押し付けた。

「や、あっあっだめ、だめ、時間、がっ」

「ああ、そうだね……時間がかからないように、すぐに挿れてあげるね」

「ちがっちが、うぁ、あああん!」

昨夜、何度も交じりあい、精を吐き出していたお陰で、指で少し襞を探るだけでも湿り気を帯びてくる。そしてそれ以外のものもあるとマリスは願いたい。既に猛っていた欲望を取り出し、一息にジャニスの中へ押し込む。

何度身体を繋げても、溢れるほど欲望を吐き出しても涸れそうにない。ジャニスの膣内は、想像していたよりもずっと気持ちがいいのだ。約束したとはいえ、よく陛下に奪われなかったものだと今更ながらほっとする。

「ジャニス……ジャニス」

「あっあんっあんっ」

強い抽挿を繰り返すと、寝台が軋みマリスの動きに合わせて啼くジャニスの声にさらに煽られる。

柔らかな乳房を摑んで思うまま形を変え、汗が浮かぶ肌に顔を寄せる。嗅がないでと一度言われたことがあるが、ジャニスから香る体臭は、このときが一番強い。

それは蕩けそうなほど甘く蠱惑的なものだ。吸い寄せられない男などいるはずがない。だから、この香りは他の誰にも嗅がせない。

肌がぶつかる音が激しくなる。細いジャニスの腰を摑み夢中で揺さぶると、柔らかな乳房が忙しなく揺れる。堪らず口に咥えると、苦しそうな息遣いの中、喘ぎの間で何かを懇願する声が届いた。

「んっあっあっ……こ、こわれ、ちゃう……っ」

マリスにとってその声は、理性を奪い去るのに充分な攻撃的なものだった。

起き抜けに甘い愛撫をして、今日もマリスのものであると自身にもジャニスにも確かめさせようとしただけなのに。どうしてジャニスは、こんなにも簡単に狂わせるのだろう。

ジャニスには優しくしたいと思っているマリスの良心を、あっさりと崩してしまうのもジャニスなのだ。そんなジャニスが少し憎らしいと思っても仕方のないことだろう。

「──今のは、ジャニスが悪い」

「え……ッな、い、やぁっマリ、スッ……あぁあっ」

「ジャニス……！」

ジャニスの身体への気遣いを忘れ激しく腰を振り、内部を抉る。獣のように乱れ、欲望が一気に膨れ上がる。マリスは息を詰め、最奥へ濃い白濁を勢いよく吐き出した。

それを受け止めるときのジャニスの顔が堪らなく好きだ。眉根を寄せて耐えているようにも見えるが、恍惚とした瞬間があるのをマリスが見逃すはずもない。

マリスは満足した。愛する人が腕の中にいることを。愛する人が自分のものであるということを。

十年かけて、願い続けてきたのだから。

＊＊＊＊＊

マリスとジャニスの出会いは、ちょうど十年前に遡る。

ジャニスは覚えていないようだが、マリスはあの日、世界中が色づき輝いたのを今でもはっきりと覚えていた。

マリスはバドリク公爵の三人目の妻の子供だ。公爵の最初の妻は病で早逝し、二人目の妻は、産褥で母子ともに助からなかった。度重なる不幸に見舞われた公爵は、養子をとりその者に跡を継がせることも考えていたのだが、周囲の勧めで娶った若い三人目の妻が、待望の嫡子を産んだ。

バドリク公爵はそのとき、似合わぬ涙を流すほど喜んだという。

公爵は産まれてきた嫡男を溺愛し、何ひとつ不自由することがないよう育てようとしていたが、若い妻、つまりマリスの母がそれを諫めた。母は公爵の地位と財産に溺れることなく、愛しいわが子をきちんと躾け、いずれ公爵と王に役立つ存在に育てると決めた。

バドリク公爵は若い妻に感謝し教育を任せ、そうして育ったマリスは幼い頃から神童と呼ばれ、周囲からも一目置かれる素晴らしい跡継ぎとなったのだ。

舌足らずながらも、はっきりと話し大人の言葉を理解するマリスはどこに行っても人気者だった。誰からも将来が楽しみだと言われ続けた。

マリスは仕事に忙しい父と、厳しい母に育てられたが、自分が愛されていることをちゃんと知っていた。そして周囲からも愛されていることを知っていた。自分がどうすれば、もっと愛されるかを知っていた。

そのマリスが、初めて王城に連れて行ってもらったのは、新しい王が即位した後だった。

調子に乗っていたのだと思う。

幼いながらも、優秀な子だと、将来が楽しみだと周囲の大人に持て囃されて、自分は他とは違う特別な人間なのだと思っていた。

だからひとりでも平気だと思ったし、何でもできると思い込んでいた。それがまさに、子供の浅はかな思い込みであることは、実際にひとりになって初めて知ったことだった。

広いと言われる自分の屋敷もひとりで出歩けるし、初めて入った王城はもっと広かったけれど迷うことなど考えもしなかった。だが一緒に居た父の姿が見えなくなり、いつも一緒に居る従僕の姿も見えなくなり、自分の居る場所がどこなのかさっぱり解らなくなったとき、生まれて初めて不安に襲われた。

これが不安なのだと、初めて知ったのだ。

何でもできるなんて、自分はどれだけ小さな世界で生きていたのだろう。実際にひとりになることが、こんなにも怖いだなんて誰も教えてくれなかった。それでも小さな歩みを止めることも怖くて、ひたすらに歩き続けて、前も見えない茂みにかかったとき、室内から庭に出てしまっていることに気づいた。

木々に覆われた深い庭は、子供の目には出口のない森のように見える。

「……ちちうえ？」

そっと呼んでみても、いつも笑顔で応えてくれる父はいない。

「だれか、いませんか?」

精いっぱいの声を出してみても、返ってくるのは鳥の声や風で揺れる木の音だけだ。目に映る視界が緩んだ。こんなことで泣くなんて、まだ赤ちゃんの妹みたいで情けない。それでも目が潤むのを堪えることができない。

なんて自分は弱いのだろう。こんなことでは立派な大人になれない。父の跡を継げない。

「……ちちうぇえ、ははうえー」

将来が楽しみだとか、立派な跡継ぎだとか、言われるたびにもう大人になったつもりでいた。それはつもりであって、本当は子供だから甘やかされていたのだと、初めて理解した。現実を知りなさけない自分がかわいそうで涙が溢れる。

とうとう座り込んでしまい、小さくなって膝に顔をうずめて泣いた。自分の泣き声以外の声が聞こえてきたのは、そのときだ。

「誰かそこにいるの?」

透明な、鈴の音色のような綺麗な声だった。自分の母や、乳母や侍女たちとは違う、綺麗な声だ。

驚いて見上げたところに、陽の光を纏った女性が立っていた。栗色の髪を美しく結い上げ、白い肌は瑞々しく、着飾られたドレスは女性をさらに美しく引き立てていた。

絵本で読んだ、森の妖精がいるのだと思った。あれは絵本で、実際にはいないのだと知っていたが、もしかしたら本当はいるのかもしれないと本気で思った。

　女性は泣いている子供を見つけると少し驚いて、それから蕩けるような笑みを零す。

「どうしたの？　迷ってしまったの？」

　ドレスが汚れるのも気にしないで膝をつき、涙で濡れた頬を細い指で拭ってくれた。その柔らかさに、マリスはもう一度驚いた。

「泣かないで、大丈夫よ」

　優しい声に、マリスは思わず手を伸ばした。妖精に触れてみたいと思ったのだ。触ったら消えてしまうかもしれない。それを確かめたいと思ったのに、女性はもう一度深く笑って、同じように腕を伸ばして抱きしめてくれた。

「怖かったの？」

　もう大丈夫よと女性は囁いて、腕に抱いてくれた。ドレスから見えた美しい胸元に、顔をうずめる。その柔らかさに、驚いて息が止まった。そして初めて香る匂いに心臓がドキドキする。いつの間にか涙が止まっていたことに気づいた。

　物心付いたときから、誰かにこんなふうに抱きしめられたことはない。他の人の体温が、こんなにも温かなものだと初めて気づく。優しく背中と頭を撫でてくれることが、嬉しかった。このままずっとしてほしいと願った。しかし女性はマリスがもう落ち着いたと思ったのかそっと身体を離し、泣いた顔をもう一度撫でてから微笑んだ。

「本当は、ここは入っちゃ駄目なのよ。後宮のお庭なの。よく警備に見つからなかったわね？」

いたずらが成功したことを喜ぶような笑みだった。妖精が笑ったとドキドキしながら、聞こえた単語を繰り返す。

「こうきゅう？」

「そうよ。陛下の――……言っても解らないかしら」

首を振った。自分はその歳にしては、聡い子供だったのだ。

「わかる。へいかの、おくさんのいえでしょう」

「そうよ。良く知っているのね」

女性は正解を褒めてくれるようににっこりと笑った。美しい笑みだった。

そう、自分は聡い子供だった。「陛下の奥さん」が何をするのか知っていたのだ。そして「後宮」にいる意味も知っていた。知っている自分が悲しくなる。

今会えたのは、二度と起こらない奇跡と言ってもいいほどの偶然だった。

恐らく、もう会えない。

手を引いて外へ連れていってくれる女性を見上げて、泣きそうになった。もう一度涙が溢れそうな目を見て、女性はふわりと笑う。

「大丈夫よ。すぐにご両親のところに帰れるわ」

そんな心配はもうしていない。迷ってひとりになることが、とても寂しく怖かったはずなのに、父親の傍に戻れることより、この女性の傍から離れてしまうことの方が悲しかった。

「……あの」

「なぁに？」

「……おなまえを、うかがっても、いいですか？」

女性は驚いて、しかしすぐに笑った。

「貴方はとても頭のいい子なのね。私は……ジャニス。ジャニス・トーリカ」

その笑顔を、忘れない。

そしてそれを、自分のものにしたかった。

他の誰にも、渡さないと決めた。

ジャニスと別れた後、マリスは大慌てで自分を探していたバドリク公爵に会うと、陛下に会いたいとお願いした。元よりそのつもり王城に来ていた公爵は、はぐれる前とはどこか違う様子の息子に訝しみながらも、予定通り陛下に拝謁した。

拝謁と言っても形式通りの謁見の間で行われる堅苦しいものではなく、まだ若い王の執務室で、ソファに向かい合いまるで親戚の兄に会うかのような気軽さでもあった。陛下は十五歳だと聞いている。きっと、あの美しいジャニスとは似合いの二人になるのだろう。

「バドリク公が自慢するのが解る。利発そうな子だな」

「恐れ入ります」

陛下の言葉に、バドリク公爵は子煩悩丸出しで破顔した。マリスはしかし、そんなことはどうでも良かった。

陛下に失礼のないように、ちゃんと挨拶をしてからすぐに本題に入る。

「へいか、へいかにおねがいがあります」

「こら、マリス」

「構わぬ、言ってみろ」

諌めようとする父と、笑った陛下に、マリスは力を込めて真剣に言った。自分の人生を決める、重大な言葉だった。

「ぼくは、これからもっとがんばって、へいかのやくにたつにんげんになります。きっとちちうえよりえらくなります」

七歳の子供の言葉に、父親と陛下の目が丸くなる。

「だから、おおきくなったら、おうさまのこうきゅうにいるおくさんのひとりをぼくにください」

「！」

「それから、おうさまのおくさんはたくさんいらっしゃるとおもうから、おうさまはそのひとにはあわないでください」

息を呑んだ二人の大人は、その後、それぞれ違った反応を見せた。ひとりは噴き出し、そしてもうひとりは慌ててマリスの口を塞ごうとする。

「ま、マリス！　お前はなんということを……！」

「あっははははは！　お前の子供は面白いな、公！」

「も、申し訳ありません陛下。子供のたわごとゆえ、ご寛恕いただけますと助かります」

「ちちうえ！　ぼくはほんきです」

なかったことにしようとする父に、マリスはむっと口を尖らせた。確かにマリスは子供だが、この想いは大人にだって負けることはないと思っている。だから必死に陛下に願った。この陛下から了承を貰わない限り叶わない願いだと知っているからだ。

「ぜったい、ぜったいにぼくはしょうらいへいかのためにがんばります。へいかも、たくさんいるから、おくさんがひとりいなくなってもいいでしょう？」

十五歳の若き王は興味深そうに、また面白そうに口端を上げ、頷いた。

「陛下！」

「いや、バドリク公、こんな子供がこれほどに真剣なんだ。このくらいの願いを叶えてやらないと俺の立場がない。それに――必ず、約束は守ってもらうぞ？」

笑みを消した王がマリスを強く見つめる。マリスはその視線をしっかりと受け止めた。

マリスは決めたのだ。あの女性を手にするのは、自分だ。抱きしめてくれた身体を、今度は自分が抱きしめるのだと。

「はい。かならず」

そうして密約は成立した。

「……それで、その後宮の女の名前は知っているのか？」

「はい！　ジャニス・トーリカさんです」

ひどく楽しげな王にマリスは元気良く答えた。公爵は既に口を挟むことを諦めたのか、呆れた顔で見守っている。しかし王は、その名前に思うところがあるのか、少し考えるような顔をした。

「だ、だめです！　あのひとをくれるってへいかはやくそくしました！　もうやくそくしたからだめです！」

気持ちが変わっては大変だ。マリスは必死になって言い募ると、王は苦笑したままの顔を公爵へ顔を向けた。

「……お前の子供は末恐ろしいな」

「……恐れ入ります」

父はもうそう繰り返すだけだった。マリスはもうそんな大人の二人はどうでも良かった。

この先うんと頑張ればあの人が手に入る。ジャニスをこの腕に抱きしめられる。これ以上の幸せなんてないと、マリスはこのとき初めて、年相応の笑顔を見せた。

寝台から起き出したのはもう昼に近かった。あれからジャニスはもう一度意識を失い、ぐったりとしてマリスの腕に収まった。侍女たちが何やら小言を言っていたが、マリスは気にせず一緒に二度寝を決め込んだのだ。

ジャニスより少し早くに目を覚まし、さっさと自分の用意を済ませていたマリスは、湯浴みをして外出用のドレスに着替えるジャニスを待っていた。

ジャニスの身体は美しい。

すらりとした手足に、細い腰。美しい曲線を描いた胸。スカートの下に隠れた臀部も指がどこまでも沈むほど柔らかい。肌は白くきめ細やかで、実年齢より若く見えることは確かだが、ジャニス自身はそうは思っていないのも気づいていた。

しかし教えるつもりはない。マリスとしては年齢など関係なかったし、不安に揺れるジャニスを見ているのもまた愉しかった。

今、この手にあるジャニスは美しい。それだけでマリスは満足できた。

　幼かったマリスは、決意した日からそれまで以上に勉強に励んだ。いや、それまでが公爵家跡取りということで甘やかされていたのだということに気づいたのだ。常に誰かが一緒にいて、マリスのできることだけが用意され、それをこなして優秀だと褒めたたえられていた。

　マリスの母親は、公爵の妻だというのに権力に溺れることなく、躾や規律に厳しい人で、幼いマリスは実を言うとそんな母親が苦手だった。なぜなら、自分を一番褒めてくれない人だからだ。

　だがマリスは、このときになって理解した。自分はとても甘えていた。もっと頑張らなければ、ジャニスが手に入ることはない。甘い囲いの中で褒められても意味はない。母親に対する意地もあったように思うが、マリスはいろんなことを学び考えた。

　屋敷の本という本を読みあさり、貴族としてのマナーを学び、政から国の在り方まで父親からも講義を受け、どうしたらこの国のためになるのか、陛下の役に立てるのか、知らないことはすべて知ろうとするほど日々を費やした。

　学んだ内容は、子供に対して夢のある理想論ではなく、綺麗ごとだけではない現実ばかりで、そのお蔭でマリスは少々性格が歪になってしまったと言えるのだが、マリス自身は権力という力を扱えるようになった自分に満足していた。

　そして数年後、ふとジャニスの姿を考えた。

後宮にいるジャニスの毎日は、傍につけている侍女から逐一報告を受けているが、その姿だけは想像するしかない。マリスの思い出の中にいる彼女は、妖精のような美しい姿だ。今も同じ姿なのだろうか。それとも年齢を重ね、マリスのように変わっているのだろうか。あまり綺麗になりすぎても困る。陛下のことは一応信用しているが、気が変わらないとも言い切れないからだ。少なくとも、陛下はジャニスに会っても不思議はない立場にいるのだから。

不安に駆られて選んだ場所が、騎士団だった。王城の警備はすべて騎士団員が担当する。この国ではもともと、貴族の子息には騎士団への入団が義務付けられていた。マリスもいずれ入ることになっていたので、それが早いか遅いかの違いである。そして早ければ早いほど、ジャニスに会える可能性が高まるのだ。

騎士団に入ったマリスは、騎士としての務めを果たしながらも使えるコネはすべて使った。マリスは上級貴族である。貴族の中においても、マリスより上になる者は少ない。騎士団でも王城でも、いろいろ学んでいただけに、マリスは正しくあれば努力が実り強くなれるわけではないということも知っていた。だから使えるものはすべて使う。使えるだけの力を手に入れる。それがマリスがジャニスを手に入れるために望んだものだった。

そのマリスがジャニスと再会することができたのは、騎士団に入って最初の年の暮れのことだった。毎年催されるその舞踏会には、側室たちがずらりと並べられる。そのときだけは、側室たちは外へ出ることが許された。並べてどうするんだとマリスは思っていたが、ジャニスが見られるならよく解らない慣習にも文句はなかった。

ジャニスは控えめな存在だった。陛下が通わない側室というのもあったかもしれないが、寵愛を求めて何かを主張することもないそうだし、舞踏会にも興味はないようで、少しの時間だけ過ごすとすぐに後宮へ戻る。その護衛に、マリスは名乗り出た。

若い騎士には側室との関わりをあまり持たせないのが騎士団での習いではあったが、ジャニスへの想いを、騎士団長は知っていた。マリスが誰かを一途に求めているのは周囲の者も知っていたが、相手が陛下の側室だと知っているものは少ない。騎士団長に頼み込んでジャニスの護衛を許されたが、口をきくことは許されなかった。

それでも良かった。ジャニスの傍にいられるのなら、我慢できる。

舞踏会で離れた場所から見たジャニスは、以前と変わらず美しいままだと思った。しかし近づいて見ると、マリスは呼吸が不自然になるほど落ち着かなくなった。

もっと綺麗になっていると知ってしまったからだ。

思い出の中にいるジャニスより、今の方が綺麗だ。あまり表情はないが、憂いた顔もぞくりと何かを誘う。ジャニスの着ているドレスはマリスが贈ったものである。ジャニス本人は気づいていないが、後宮に入ってからジャニスに与えられたもののすべてはマリスが手配しているのだ。自分の贈ったものを身につけているジャニスは、とても美しい。

マリスは抱きしめたい衝動を抑えるのに必死だった。自制するため必要以上に近付かないようにした。

初めて会ったあのとき、抱きしめられた柔らかさにうっとりしたものだが、あのときとは違う、もっと心の奥底にある、原始的な強い熱がマリスを占める。

ジャニスが欲しい。

幼い子供の願いではなく、ひとりの男の欲望として、ジャニスが欲しい。

マリスは改めて誓った。

絶対に、ジャニスを手に入れるのだ。

興味のなかった娼館に通うようになったのも、このときからである。ジャニスを手に入れたとき、喜ばせられる手管を習得しておかなければと感じたのだ。

そのお蔭で閨の技術は上達していた。ジャニスも充分満足しているはずだ。


「旦那さま、ご用意ができました」

着替えを終えて現れたジャニスは、改めて見ても美しかった。

丁寧に梳かれて結い上げられた髪はキラキラと輝き、肩から胸にかけて大きく開いた薄紅色のドレスはジャニスにとても似合っている。二の腕の金具で留められた長い袖は指先まで隠れ、ちょうど今朝付けてしまったマリスの指の痕も隠していた。マリスが与えた首飾りと耳飾りは、そこにあるのが当然のように似合っていてジャニスを引き立てている。

「――綺麗だ、ジャニス」

「…………」

ジャニスは返事もせず、眉根を寄せて顔を背ける。本人曰く、それはとても不機嫌なときにする顔らしいのだが、マリスにとってはちょっと拗ねた愛らしいものにしか見えない。誘っているとしか思えないのだが、ジャニスはそのことが解らないらしい。けれどそれでいい。無自覚のまま、もっと誘ってほしいとマリスは笑った。

この美しい人は、もう自分のものなのだ。その事実を再確認すると気持ちが昂る。このままもう一度寝室へ戻りたくなった。手が自然とジャニスの頬に触れて、そのまま顎を上へ向かせる。口紅で艶めく唇は、マリスを待っているのだろう。ならば味わってみようと顔を寄せるが、冷静な執事の声がそれを止めた。

「旦那さま、馬車の用意が整っております」

ここでマリスが舌打ちしてしまうのは仕方がないことだろう。

執事のハンスは、公爵家の領地にある館で長く執事を務めていた男だった。館のことだけでなく、主が不在のときの領地運営を任されていた。自分の後継者として息子を育て、任せて隠居しようとしていたところをマリスが自分の屋敷へ引き抜いたのだ。

子供の頃からの付き合いであるからハンスはマリスの扱いも心得ていて、暴走しがちなマリスの歯止め役になっていた。仕方がないと内心で嘆息した。

「では、行くとしよう、奥さん」

手を差し出すと、ジャニスは唇を尖らせたまま、その手に細い指をのせた。口付けはできなかったが、彼女の手はこうしてマリスの中にある。それだけのことがどれほど嬉しいか、きっとジャニスは一生理解できないだろう。


王城に上がると、まっすぐに陛下の部屋へ通された。

途中で誰かに止められることもない。マリスには通いなれた道なのだが、ジャニスにとっては物珍しいのか、遠慮がちにではあるが視線を彷徨わせていた。

王城に来て、ジャニスはすぐに後宮に入れられた。だからそれ以外の場所のことなどまったくと言っていいほど知らないのだろう。そして知らない場所できょろきょろとしてしまう気持ちもマリスには解る。同じようなことをして迷ったことがあるからだ。

「もっと落ち着いたら、ゆっくり案内してあげるよ」

「……べ、別に、見てみたいわけじゃ、ないから」

ぷい、と顔を逸らす仕草は子供のようで愛らしい。本当に十歳年上なのだろうかと疑うほど、ジャニスは純粋だ。

「ジャニス……ここで口付けしたくなるから、そんな顔をしないで？」

耳元に唇を寄せて囁くと、その耳が真っ赤に染まる。目を丸くした顔が可愛くて堪らない。食べてしまいたいとマリスは知らず己の唇を舐めていた。マリスの欲求を察知したのか、ジャニスが慌てて顔を背けるが、逃がしはしないと、腰を抱いた手に力を入れた。

ちょうど陛下の執務室前に着いたときだったから、扉の両側に控えている騎士がこちらの様子を窺っていた。訓練された騎士なので表情には出していないが、この愛らしいジャニスの仕草を見て何も思っていないはずはないだろう。

これだから、人前に連れ出すことが嫌だったのだ。余計な敵は増やしたくないのに。

マリスはそれが独占欲だと解っている。行き過ぎた感情だとも知っている。しかしジャニスに関わることで、妥協できることなど何ひとつないのだ。

片側の騎士が扉を叩いて中へ声をかける。

「陛下、ウィングラード子爵夫妻がお見えです」

一呼吸の後、内側から扉が開く。陛下の執務室は広い。時折側近の者や貴族たちを集めて話し合う場所でもあるから、十人ほど入っても狭くは感じられない広さだ。だが今日はその中にいるのは三人だけだ。

正面に国王であるジーヴス・ファイジャアル陛下が腰掛けている。扉を開けてくれたのは騎士団の筆頭補佐官であり、陛下の護衛であるルーク・スタンレイだ。ルークはマリスが騎士団に入ったときの指導官で、マリスの積年の想いも知っていた。

　そしてもう一人は陛下の傍に控えている男、白髪交じりの紺色の髪を撫でつけて冷ややかな目をマリスに向けている、宰相バドリク公爵だ。つまりマリスの父親である。父親がここにいることはマリスも知らなかったのだが、恐らくマリスがジャニスを連れてくると聞きつけて無理やり同席したのだろう。

　マリスは騎士団を辞めてジャニスの傍にいられるようになるまで、ジャニスを誰にも引き合わせないようにしていた。自分の家族も然りだ。何度も会わせろと催促されたが、ジャニスと最初に会うのは自分なのだと決めていた。マリスの親という理由だけでジャニスに会えるなどと思うことが甘い。息子に向けられた責めるような視線を受け流し、マリスは陛下へ臣下として頭を下げる。

「陛下、お約束通り、妻をご紹介に参りました」

　隣でジャニスがドレスのスカートをつまみ、美しい礼をしている。

「待っていたぞ、随分ゆっくりだったな」

「これでも急いだんですよ。いきなり言われても、こちらにも用意というものがありますから」

「……随分前から伝えていたはずだが……まぁいい。初めまして、というのもおかしいな、ジャニス・トーリカ」

陛下はもう若々しいだけの青年ではない。王としての威厳も持ち合わせている、仕える に相応しい王だった。

ジャニスはその陛下に慌てた様子でもう一度膝を曲げる。

「い、いいえ、陛下……拝謁できましたこと、心より嬉しく思います」

臣下としての礼をちゃんと果たしたジャニスと、それを笑顔で受け入れた陛下。彼らの 間に漂う穏やかな雰囲気が面白くない。

「あれからかなり時間が経ったはずだが、貴女は変わらないように思う」

「まぁ、そんなこと……陛下は、その、とてもご立派になられて」

戸惑いながら言葉を探すジャニスは、恥じらい方も愛らしい。

「子供の頃の私を知る貴女にそう言われると、日々がむしゃらにやってきた甲斐があると いうものだ……いやもう、解ったから！　そんな顔を向けるな」

ジャニスには笑顔を向けていた陛下だが、最後に顔を顰めてマリスを睨んだ。

別にジャニスと陛下の挨拶を邪魔するつもりはなかったが、しっかり表情には出ていた ようだ。けれどジャニスの笑顔を他の男に向けられて、機嫌が悪くならない方法など見つ からないので仕方ない。

「何がですか？　僕はただ、ジャニスはトーリカではなくウィングラードですと申し上げようとしただけですが」

「ああ……そうだったな。しかし本当に美しいままだな、お前の奥方は。幼いお前が俺に彼女を強請ってきたのを昨日のことのように思い出す」

「子供のわがままを受け入れてくださる陛下は本当にお心が広い」

にっこりと微笑むマリスに対し、陛下は気まずそうに視線を逸らしたままだ。そしてその目をそのまま隣へずらした。

「……マリスの笑顔を見ると、次に何を言われるか不安でいっぱいになるのだが。本当に父親より偉くなりそうだな、バドリク公」

「本当に、我が息子ながら少々不安なほどです」

「偉くなりますよ？　僕は言ったことは必ず実行します。子供のわがままと言われようとも、大人がそれを話半分に聞いていたとしても。ねぇジャニス？」

見ると、ジャニスは隣で目を丸くしたまま硬直している。驚きすぎて声も出せないようだ。そんなジャニスの様子に、バドリク公爵が困った顔をして、次にマリスを睨む。

「……マリス、私がここにいることを嫁に知らせてなかったな？」

「父上がここにいらっしゃることが僕にとっては不可抗力なんですよ。今日は陛下にだけお会いするつもりだったんですから。ジャニス、遅くなったけど、あちらが僕の父であるゲオルグ・バドリク公爵だよ」

ジャニスの動きは鈍かった。まるで油をさし忘れた人形のようだ。これはこれで可愛い。また新しいジャニスを知ることができたとマリスが思っていると、真っ青な顔をしたままジャニスはゆっくりと膝を折っている。

「は、初めてお目にかかります、ジャニス・トーリカです……ご挨拶が遅れまして、本当に申し訳」

「ジャニス？　貴女はもうトーリカじゃないでしょ？」

どうして名前を間違えるのか。マリスは父親と挨拶するよりもそっちの方が気になる。だというのに、ジャニスは弾かれたように顔を上げ、きっと強くマリスを睨む。

「そんなことはどうでもいいの！」

「どうでも良くないよ。貴女はもう僕のものなんだから」

解っていないようなので腰を引き寄せると、ジャニスは強く腕を突っぱねる。力で敵うはずもないのにふるふると震える腕で必死になる姿がまた可愛くて、マリスはわざと力を加減してその距離を楽しんだ。それを止めたのはバドリク公爵である。

「ジャニスさん、どうか気を休めて。息子の性格は親である私がよく知っています。私の妻も貴女に会わせろと息子に再三言っていたはずだが――その報せも届いていない様子ですな。貴女の不備ではないことはよく解っています。今度時間を作り、ゆっくりお会いいたしましょう」

マリスの腕から逃れようとしていたジャニスは、その言葉に安堵の表情を見せていた。そんな無防備な顔を見せるなんて。彼女にとって義理の父親になるとはいっても、面白くない。

「申し訳ありません、バドリク公爵様。奥方様にも、お会いできるのを楽しみにしておりますと」

「面倒な外出は一度でいいよ。今日の晩餐はそちらへ伺います、父上」

ジャニスの声を遮って、マリスはさっさと予定を決めた。

ジャニスは驚いてマリスを見ているが、マリスの性格を知る公爵はただ頷くだけだった。

「解った。それではジャニスさん、後ほど屋敷でゆっくりお話ししましょう。妻も貴女と会うのを首を長くして待っていますから、喜ぶでしょう。陛下、迎え入れる準備がありますので私は先に失礼しますよ。妻にこのことを伝えなければならないので」

「ああ。奥方によろしく伝えてくれ」

王の返事に、公爵は深く礼をして執務室を後にした。

公爵は一度決めると行動が早い。ジャニスは呆然とそれを見送っていたが、この流れになることは公爵も織り込み済みだろう。マリスの返事を見越してここに居たに違いない。

マリスの予定では、こんなに早く他の誰かにジャニスを見せるつもりはなかったのに、本当に余計なことをしてくれると溜め息を吐きたくなる。しかしそれを遮って、陛下が隣の部屋を示した。

「さて、隣で少し座って話をしようか。お茶の用意をしよう」

執務室の奥は、陛下が寛げる部屋が用意してある。今までは仮眠を取るためだけに使われていたようだが、正妃を選ばれてからは彼女と一緒に寛いでいることをマリスもよく知っている。

「助かります。妻は少し疲れていますので」

ジャニスの身体は細い。朝もなかなか起きられないほどに疲れ切った身体は、今朝もう一度倒れても不思議はなかった。マリスは労るように腰を抱いて微笑んだが、返ってきたのは強い睨みだけだった。


王の別室だけあって、手の込んだ細工が施されたソファにテーブル、調度品は最高級のもので調えられているが、さらにゆっくり寛げるように敷物やクッションなど小物も揃えてある。マリスたちが移動すると、王は控えていた侍女にお茶の用意を言いつけた。同時に扉が叩かれて新たな客人が入ってくる。

「陛下、ササラです」

「ああ、待っていたぞ」

扉を開けて現れたのは陛下の正妃となるササラ・ルーエンである。まだ十六歳の若い令嬢だ。後宮に入ったばかりの側室だったが、陛下が目に留めるなりすぐに正妃への召し上げを決めてしまったという麗しい少女である。

自分の娘や血縁関係にある者を側室に持つ貴族たちは、もう少し吟味して選ばれては、と言い募ったが、一目惚れというものを知っているマリスは陛下の気持ちが解る。理屈ではないのだ。もう決めた感情が、揺らぐことはない。

しかし他の貴族たちがササラを好まない理由は他にもあった。彼女の父は子爵であり、身分が低いのである。マリスとしては、それが正妃と何の関係があるのか解らない。ササラはこの歳の娘としては充分な教養を身につけているし、陛下の傍に控えめに寄り添いながら意見を求められればまっすぐな答えを出す。足りないものはこれから学んでいけば良い王妃になるだろう。

ササラとは何度か話をしただけだが、そう思えるだけの少女だった。ササラを好まない他の貴族たちは、自分たちの思惑通りにならないことをササラのせいにしたいだけなのだ。この少女にはまっている陛下の意思を変えるのは難しいとマリスでも思うのに、他の貴族たちは気づかない。

まだ婚儀の日は決まっていないが、早く決めてほしいと思う。陛下が落ち着かなければ、マリスも落ち着かないのだ。ジャニスがいつまでも陛下のことを気にするからだ。それはジャニスの中にマリス以外の男がいるということに等しく、マリスが安心できる日も遠くなる。

「ササラ、こちらがマリスの奥方、ジャニス・ウィングラード子爵夫人だ」

「まぁ……貴女がジャニス様ですか？」

隣に座ったササラに、王がジャニスを紹介する。ジャニスは突然現れた次期王妃に驚いたようだが、すぐに臣下として綺麗な挨拶をした。

「初めましてササラさま。ジャニス・ウィングラードです」

その声に、マリスは自然と頬が緩む。

ジャニスの声で、ウィングラードの名前を聞くことがとても嬉しかった。そしてササラなら、ジャニスと一緒にいても困る相手にはならないだろうと思う。

「ササラさま、よろしければこれからジャニスと仲良くしていただけませんか」

「まあ！　喜んで！　嬉しい、こんなに綺麗な方と仲良くできるなんて……陛下に羨ましがられますわね」

少女は屈託なく笑い、手を叩いて喜んだ。ジャニスは何を言いだすのかと驚いているが、ジャニスにこの先友人がひとりもいないとなると不自由するであろうことはマリスにも理解できる。本当なら屋敷から一歩も外に出したくないが、王妃相手ならばあらゆる意味で強い味方にもなるだろうから、我慢しないでもない。

「ジャニスに近づくと威嚇する奴がいるから、俺は控えめに付き合わせてもらうことにするが」

「陛下、そんなにジャニスと仲良くなさりたいのですか？」

「だから控えめに、と言っているだろう。睨むな。俺はササラが居れば充分だ」

隣に座るササラを引き寄せる陛下に、マリスは満足した笑顔を向けた。同じようにジャニスを引き寄せる。

「ササラ様は陛下が選ばれたとてもまっすぐな良い方だから、ジャニスも畏まることなくご一緒させてもらうといいよ」

珍しいことに、ジャニスはマリスの腕の中でも抗わず、困惑の表情でマリスを見ていた。ジャニスはこれまで、貴族としての付き合いなどほとんどしてこなかったはずだ。それをいきなり王妃になる相手と仲良く、と言われて戸惑っているのだろう。解っていても、困るジャニスが愛らしく、助けを求めて縋るようにマリスを見つめる視線が堪らない。

不安を浮かべた顔を、食べてしまいたいと思ったが、ここは第三者もいることだし、とマリスはしぶしぶその頬に口付けるだけで我慢した。

「……ッ!?」

顔を一瞬で真っ赤にしたジャニスは簡単にマリスを惑わせ誘う。こんなところでそんな顔をするなんて、と思いながらマリスは頬が緩むのを止められない。誘われるままにその赤く染まった顔を手に包み、唇を奪ってしまおうとしたとき、陛下が制止する。

「マリス、ここは二人だけではない。一応自重しろ」

今更だが、と嘆息する陛下に、マリスは笑顔で答えた。

「ああ、申し訳ありません。まだ新婚中なもので。どなたかが急かして連れてこいなどと言われるものですから」

「……笑顔のままで言うお前の嫌味も言われ続けると慣れるものだな」

陛下の呆れた声も聞き続けると慣れるものだ。

ジャニスは赤い顔で口をぱくぱくとさせて、頬に触れるマリスの手を引き剝がそうと摑んでいる。小さく細いその指を、このまま食べてしまおうかとマリスが思っていると、ササラが何かを気遣うように声を大きくした。

「それより、私、マリス様とジャニス様のことをお伺いしたいです！」

ササラは手を合わせて目を輝かせていた。ジャニスはどういう意味だと首を傾げているが、マリスも意味が解らず訊き返す。

「僕たちの？」

「はい！　陛下からお伺いしました。マリス様は幼い頃からジャニス様に恋焦がれていらっしゃったとか……！　その一途な恋が実られて、本当に素晴らしいことですわ。まるで物語のよう！」

本当に頬を染めて力説する少女に、いったい何を吹き込んだのかとマリスは陛下をちらりと見る。しかし陛下からは無言が返ってくるだけだ。

確かに、後宮にいる側室に恋をして、いつか一緒になれる日を待ち続け、ようやく手にするという話は吟遊詩人が好む物語だ。だがマリスにとってそれはあくまで現実である。ジャニスを手に入れるためには、陛下とした約束を守らねばならず、その王は妥協を許さなかった。ゆえにマリスは必死だった。親の七光りなどと言われて嫉妬の視線を浴び続けながらも、地道な努力を重ね、実力をつけていった。自分自身がジャニスに似合うようにと必死だったのだ。

「マリス様は、ジャニス様のどちらが一番お好きになられましたの？」

まだ夢見る幼いところがあるササラに問われ、マリスはもう一度ジャニスを見た。

どんなことを考えているのか、不安と困惑を覗かせている目でマリスを見るジャニスは、どこか真剣だった。

ジャニスと視線が絡み合う。たったそれだけのことがマリスにとってどれほど嬉しいことなのかジャニスはきっと解らない。ジャニスの好きなところなど、たくさんありすぎて答えはない。ただ、すべてと答えるより細かな答えを欲しているのだろう。マリスは幼いときを思い出し、そしてジャニスの頭からつま先をもう一度眺め、答えを出した。

「――胸でしょうか」

一瞬、室内に沈黙が落ちた。

その後、その場にいた全員の視線が、ジャニスの身体に集まった。ジャニスのドレスは今日も美しく、大きく開いた胸元は見事な曲線を描いている。ササラはそれをじっと見て、自分の胸元を確認し、すぐに申し訳なさそうな顔で陛下を仰ぐ。

「……申し訳ありません、陛下」

泣きそうな声で謝るササラに、慌てたのは陛下だ。

「い、いや！　ササラ！　俺はお前で満足しているぞ！　むしろこれから育てる楽しみがあるというか」

「陛下、臣下の前でおっしゃる発言ではありませんよ」

慌てて暴走し始めた陛下をマリスは淡々と諌める。しかしそんなマリスを陛下は強く睨みつけてくる。

「お前が変なことを言うからだろう！」

「変なことではありません。僕はジャニスの身体に溺れているので。彼女の身体は何より素晴らしい」

それはまったくの本心だった。マリスはジャニスに関して嘘など言わない。

「ねぇジャニス？」

同意を求めるように顔を覗き込むと、ジャニスはその美しい胸元までも真っ赤にして、震える手をぎゅうっと握りしめていた。

「ジャニス？　褒めてるんだよ？」

マリスがどうしたの、と問いかけると、きっと鋭い視線でジャニスが睨み、迷うことなくマリスの頬に向かってその手を挙げた。

ぱちーん、と室内に響いた音は綺麗なものだった。

「馬鹿！　もう知らない！」

マリスの頬を叩いたジャニスはそう言って挨拶もせぬままソファを立ち部屋を出て行った。それを見送ったままでいると、陛下が声をかけてくる。

「……怒らせたというのに、お前の顔の方が怖いと思うのはどうしてだろうな」

笑みを深めたマリスに、王は溜め息を吐くように呟いた。問われていない問いかけだが、その答えは解りきっている。

「怒った顔も、とても可愛いと思いませんか」

同意など期待していないし、されてもいらいらするだけだが、陛下はそれが解っているのか、後を追ってやれ、と促した。マリスはすぐに一礼してそれに従う。

「ササラ様、妻の失礼をお詫びいたします」

目を丸くしたままのササラに一応詫びを入れるが、やはり返事は待っていない。マリスはただ、第三者に「妻」という言葉を使いたかったのだ。それを充分口にすることができた今、もう気持ちは部屋を出て行ったジャニスに向けられていた。

「マリス」

出て行こうとしたマリスを止めたのは陛下の低い声だ。それまでの穏やかなものとはまったく違うその声に、マリスは素直に足を止めた。

「……あのことは、まだ決めていないのか」

「……陛下。僕はただ、ジャニスが僕の腕の中にいることだけしか望んでいませんよ」

暗く、陰のあるような陛下の言葉に、マリスもまた、同じような声で答えた。それはマリスの本心だ。ジャニスがこの腕に居続けてくれるのなら、マリスは何だってしてきたし、これからも何だってするだろう。

「もういいですか？　ジャニスを迎えに行きたいので」

マリスの声は既に平静に戻っていた。そのまま一礼しジャニスを追うために部屋を出た。

さてジャニスはどこへ向かったか、と扉の外に立つ騎士に視線を向けると、ちらりと視線だけが方向を教えてくれる。既にその長い廊下にジャニスの姿はない。マリスはその先を足早に進んだ。このまま奥へ向かうと、ひと気のない場所へ出てしまう。しかし迷子になって狼狽えるジャニスも可愛いだろうと笑みを浮かべながら、広い廊下の角を曲がろうとして、その向こうから聞こえてきた声に一度足を止めた。

「……大丈夫ですから、お離しください」

「構わぬ。送り届けようと言っているのだ。疲れているなら、その部屋がちょうど空いているはずだ。少し休むといい」
ジャニスの声にかぶさるようにして聞こえた男の声は、聞き覚えのあるものだった。
セグシュ侯爵だ。相手の姿が脳裏に浮かんで、マリスは先を急いだ。

三章

もう、もう——知らない。どうしてあんなこと言うの。どうしてこんなことになったの。

何の合図もなく扉を開けたジャニスに、扉の前で控えていた騎士が驚いた顔を向けてきたが、気にしないと決めてドレスの裾を翻して足を速める。

ジャニスはマリスに怒っていた。同時に陛下の前で非礼をしてしまった自分にも呆れていた。

全部マリスのせいだと思いながらも、自分のしたことは臣下としてあるまじき振る舞いだった。さらにマリスをあの場に残してしまったことで、彼があの場をどうとりつくろうのか解らない不安も溢れた。

マリスを叩いたことは、後悔していない。自分の怒りをぶつけられてすっとしたくらいだ。しかし、あの場ですることではなかった。

陛下は呆れているはずだ。愛らしい少女のようなササラも、驚いてきっとジャニスのことを変な女だと思っただろう。控えていた侍女たちから、非礼な女だという噂がきっと王城に広まる。

怒りと悔しさに任せていくつもの角を曲がったとき、ジャニスはふと足を止めた。

マリスに怒っているのは確かだが、そればかりでなく悲しんでいる自分がいることに気づいたのだ。

突然陛下に会うことになったのは仕方がない。そこに親であるバドリク公爵がいたことも、百歩くらい譲って仕方ないと思ってもいい。バドリク公爵は怒っていないようだし、これから挽回できるかもしれない。

しかし、あの一言はジャニスを確かに傷つけた。

マリスがジャニスに好意を持っているのは、理解している。一方的に押し付けられるような想いは素直に受け入れがたいものだが、好意は好意だ。だがマリスの好意の先が、この身体であると知って、ジャニスは胸に痛みを覚えたのだ。

ジャニスはもう二十七歳である。

若々しい身体とはいえない。どこがいいのだろうと、マリスの愛撫を連日受けて不思議に思うところでもある。しかしそれこそが、マリスが好きなものだった。ジャニスのこの身体が、マリスの好みだったのだ。

確かにこの身体はジャニスのものではあるが、ジャニスの心を否定された気がして、ひどく落ち込んだのである。身体が好きだから、執拗に連日抱いているのだ。そう気づくと、さらに俯いてしまう。

ジャニスは自分の膨らんだ胸を見つめた。こんな胸、削り取ってしまおうか。そうすれば、マリスは自分にはもう興味を失くして、あの異常な執着から解放してもらえるかもしれない。そしてジャニスは女官としてか侍女としてか、どこかでひっそり暮らしていけるかもしれない。

「……そこで何をしている？」

不安なまま、沈んだ顔で項垂《うなだ》れていると、前方から声をかけられた。

顔を上げると、見たことのない男性がそこに居た。そもそも、ジャニスは貴族の知り合いが少ないから見たことがなくて当然なのだが、ブルーグレーの髪を撫でつけ、同じ色の口髭を生やした貴族の男だった。後ろにひとり従僕を従えているから、身分もあるのだろう。

「顔色が悪いな。気分が悪いのか？」

その手がジャニスの腕に伸びてくる。思わず、そっと触れないように腕を引き寄せると、男は口元に笑みを浮かべてジャニスを見つめてくる。

「いいえ……ご心配ありがとうございます。でも、大丈夫です」

心配されるほど自分は暗い顔をしていたのだろうか、ますますいたたまれなくなって、一刻も早くその場を立ち去りたくなる。ジャニスは戻ろうと足を引いたのだが、相手の手の方が早かった。強くジャニスの腰へ手を回して距離を縮めてくる。

「いや、休んだ方がいいだろう。私に任せなさい」

「いいえ、結構です」

首を振りながらその手から逃れようと身体を捩る。

初対面の女性と接する距離ではない。ジャニスは困惑しながら身を引いた。けれど気づくと後ろは廊下の壁面で、逃げ場がなくなっていた。

目の前に迫った男の目に剣呑な色が宿る。正直に言って、ジャニスはマリス以外に迫られたことはない。後宮にいたのだから当然なのだが、男性とまともに接した経験がなかったことを今更気づいた。

はっきりと断っているのに、目の前の男は引いてくれない。放っておいてくれない。

そしてこの廊下には、ジャニスたち以外誰もいない。いったいどこへ迷い込んだのか、不安になってしまう。

騒ぎ立てることは子爵夫人という身分から考えると恥ずかしいことだ。どうやって切り抜けたらいいのか必死で考えるが、相手の手はさらにジャニスを追い詰めるように近づいた。

「……大丈夫ですから、お離しください」

「構わぬ。送り届けようと言っているのだ。疲れているなら、その部屋がちょうど空いているはずだから、少し休むといい」

密室に二人きりになるなどあり得ないことだ。

「いいえ、放っておいてください！」

「この私が心配してやっているのに、その態度は何だ。人の気遣いを無下にするものではない」

思わず声を荒らげてしまうと、男は不機嫌そうに顔を歪めてジャニスを見下ろしてきた。拘束する腕もさらに強くなり、ジャニスの顔には嫌悪が露わになる。男の視線が後ろに控えている従僕に移る。相手はそれだけで理解したのか、頷いて空き部屋の扉を開けた。このままでは部屋に連れていかれてしまう。ジャニスは予想もしていなかった出来事に不安になり、どうなるのかと恐怖に足が竦む。

これは本当に、どうしたら、と困惑していると、いきなり横から伸びてきた手が、ジャニスの肘を摑み引き寄せ、もう片方の手が肩を抱く。その手が誰のものか解り、ジャニスは大きく息を吐いた。

「何を……」

「妻に何か御用ですか」

マリスである。

突然現れた男に獲物を横取りされたと感じたのか貴族は顔を顰めたが、マリスの冷ややかな視線を受けて狼狽えた。

「……ウィングラード子爵！」

「そうですが、セグシュ侯爵。僕の妻に何か？」

相手はマリスの知り合いのようだった。マリスがジャニスをしっかりと抱きしめたまま再度問い質すと、男は不機嫌さをあらわにし、マリスを睨んだ。

「困っていたようだから声をかけただけだ。人の親切にその態度は何だ」

「そうですか。それはお世話になりました。ですがご心配なく。妻は私が連れ帰りますので、どうぞお引き取りを」

恐らく、セグシュ侯爵はマリスの父であるバドリク公爵と同じ年頃だろう。その男相手に、マリスの態度は実に冷ややかなものだった。

ジャニスをしっかりと腕に抱いたまま、冷めた目で悠然と微笑むマリスを、セグシュ侯爵は忌々しそうに睨みつける。

「宰相の威光で偉そうに、若造が……その態度を悔やむ日が来ることを覚えておくといい」

すれ違いざまに吐き捨てるように言って、従僕を連れたまま足早に立ち去った。

呆気に取られたのはジャニスだ。

憎しみを込められたような言葉は、マリスに向けられたものだった。この夫が、誰かにあんなふうに言われるなどと想像もしていなかったジャニスは驚くしかない。

マリスは将来を期待された貴族である。宰相の嫡子であり、身分も申し分ない。陛下の覚えもめでたく、明るい未来が約束された青年であると誰もが知っている。

マリスの唯一の欠点が、自分だとジャニスは思っていた。陛下相手でも、自分の父親相手でもマリスの態度は不遜であり傲慢でもあり、ジャニスの知っているマリスだった。そのマリスに、あんなに真正面から毒を吐く相手がいると、ジャニスは初めて知ったのだ。

仲が悪いのだろうか。あんなに憎まれるような、何があったのだろうとジャニスは少し心配してしまう。しかしそのジャニスを見つめるマリスは、苛立ちさえ覚えるいつもの笑みは浮かべておらず平淡で、押し殺した感情をわざと消しているようにも見える。

「ジャニス？　今の人と何をしていたの？」

「……何もしていません」

素直に答えるが、笑みを消したマリスの顔を何故か見返すことができず、ジャニスは視線を背けた。感情が見えないマリスは一層何を考えているのかが解らなかった。しかしあの貴族の男との関係性を心配したジャニスの気持ちを受け取る余裕がないことだけは確かだ。そしてそれが、ジャニスの気持ちを重くする。

マリスのことも解らなかったが、ジャニス自身も何がしたいのか解らなくなって、また逃げ出したくなる。だがジャニスを捕えたマリスの腕は、もう逃がすつもりはないとばかりに力が強くなっている。

「でも、随分と親密にしていたようだけど」

「何もしていません！」

ジャニスを捕まえている力は強いくせに声は冷静で、ジャニスは感情を隠さず声を荒らげた。

本当に何もない。ただ、ジャニスは迷っていただけだ。そして迷う前に、自分が傷ついていたことも思い出した。ジャニスを拘束しようとするマリスによって傷つけられたのだ。だというのに、この腕に引き寄せられて安堵してしまった自分に怒りが込み上げていた。

子供の様に顔を背けたままのジャニスに手を回し、マリスは何を思ったのか腰を抱いたまま歩き出した。

「本当かどうか、確かめてみよう。ちょうどその部屋が空いているらしいから」

「……えっ？」

どういう意味だろうと訝しむが強制的に引っ張られる強さに抗えない。間近に迫る彼の端整な顔が固く強張っているように見えた。怒っているのだと気づく。

いったい何が、この夫の機嫌を損ねるのかジャニスにはまったく解らない。マリスのすることのほとんどがジャニスを怒らせるのだが、夫は、ジャニスのすることのほとんどを笑顔で受け止めるため、怒るきっかけが何なのかが解らなかった。

その部屋には、確かに誰もいなかった。大きなソファとテーブル。調度品も一通り揃っている。誰かが寛ぐための部屋だということは解った。

そのソファにジャニスを座らせて、マリスはその正面に立って見下ろす。

「さてジャニス、あの男はどこに触ったの？」

「どこにも触ってなんか……！」

「本当に？　あんなに近くにいたのに？」

「本当です！」

「じゃああの男は、ジャニスに何の用だったの？」

「知りません！」

「何の話をしていたの？」

「知りませんったら！」

「用があるから声をかけられたんじゃないの？　何を言われてたの？　困っていたって言ってたけどそんな顔を見せたの？」

立て続けに言われて、ジャニスもかっとなる。

どこから会話を聞いていたのだろう。しかし聞いていたのなら、何もなかったことくらいすぐに解るはずだ。そもそもこんなふうに尋問されるようないわれはない。

ジャニスは立ちはだかる夫を強く睨みあげ、しかし冷ややかな視線にぶつかって、得体のしれない気まずさに顔を背ける。

「知りません！」

あの貴族の男が何を考えていたのかなど、ジャニスには解るはずもない。

「知らないじゃないでしょ。もうジャニスも大人なんだから、何があったのかくらい解るでしょ？」

「おとなって……！」

そんなこと、マリスにだけは言われたくない。

ジャニスはとっさに言い返そうとしてマリスを睨むが、彼の顔には相変わらず笑みはない。無言の睨み合いが続いて、先に負けたのはジャニスだ。顔を背けてぽつりと呟く。

「……どうせ私は、貴方よりも年上です」

「何？」

「もう若くもないわ。ササラさまみたいに愛らしくもないし、素直でもない。それくらい、よく解っているわ。でも……」

傷つかないわけではない。

何を考えているか解らない夫に振り回されて、どうにかなりそうだった。どうしたらこの不安な気持ちが落ち着くのだろう。どうしたら安心できる生活が手に入るのだろう。いったい自分は、何を求めているのだろう。

ジャニスは自分の心さえ上手く扱うことができず、年下の夫に愚痴を言ってしまうことが情けないとも思った。

横を向いていた顔が、少しずつ俯く。気持ちと一緒に、下がってしまう。

膝の上にある手が、少し震えていた。弱い自分に気づいて、こんな姿なんて見せたくないと唇をかみしめていると、突然マリスに抱きつかれた。

「ジャニス！　貴女は本当に可愛い！」

「……っ!?」

ソファに膝をついて強く抱きしめてくるマリスに、ジャニスは驚いて声も出せない。

「年上だとしても、最初に出会ったときから僕は貴女が可愛くてならないんだ。ジャニス……僕は貴女だけだ。他の誰も、貴女に近づけたくない。陛下にだって、できるならもう二度と引き合わせたくないんだ」

まるで子供の言い分だった。子供が大事な玩具を奪われないように、必死で掴んでいる。けれど、今はそうでも、もう少し成長して冷静になれば玩具なんてきっとすぐに飽きて捨ててしまうだろう。

「……うそつき」

ジャニスの口から、自分でも驚くほど小さく、そして弱々しい声が漏れた。

マリスにはちゃんと届いたのだろう。強い抱擁を解いて、ソファに座るジャニスの前に膝をついて屈みこむ。下からジャニスを見つめる目は真剣なものだった。

「僕は嘘なんて言ってないよ？」

「そんな……そんな、ことを言って、だって私なんて、飽きたら捨てられる玩具みたいなものなんでしょう」

「…………」

ジャニスの言葉に、マリスが沈黙を返したのは初めてだった。

下から見つめられると、顔を背けても逃げ場がなくて落ち着かない。拗ねたことを言ったと思って、ジャニスは恥ずかしくなった。これではどっちが子供なのか解らない。どちらも子供では、収拾がつかないではないか。

マリスはじっとジャニスを見つめた後で、ゆっくりと息を吐き出し、口元に笑みを戻した。

「ジャニス……貴女をそんなふうに思ったことなんてないよ？　もうずっと、貴女だけを想ってきたと伝えたはずなのに、どうしてまだ解らないの？」

もしかして僕を試しているの、と微笑まれて、しかしジャニスはその目が笑っていないことに気づいた。

「まだ足りない？　ああ、僕はジャニスがまだまだ足りないけど。何度も何度も気持ちは伝えたのに、まだ疑うならもっとこの身体に教えてあげなければね？」

「い、やっそうやって！」

腕を取られてソファに押し倒されそうになるのを、ジャニスは必死で身を捩って避ける。

「私の身体が目当てだって！　貴方が言ったのよ！　こんな身体、もう若くもないのに、貴方はすぐに飽きてしまうことくらい解ってるのに」

そうしたら、終わるのだろう。この執着の強い愛情から、解放されるのだ。

それはジャニスにとって願ってもないことなのに、どうしてか口から出た言葉はそれを望んでいないように聞こえた。自分にもそう思えたのだから、マリスにも伝わってしまったはずだ。

今のは本心ではない、はずだ。たぶん。

ジャニスが自分の気持ちに狼狽えているうちに、マリスはいつもの様子を取り戻していた。喜びを隠さない笑顔で、うっとりとしてジャニスの腰に腕を回して抱きしめる。

「ジャニス……好きだよ」

その顔がちょうどジャニスの胸にうまる。吐息の混ざる声は優しい。しかしそこで話さないでほしい。隆起した胸に吸い寄せられるように、マリスはそこに口付けた。

「この胸が好きだ……柔らかくて、僕を幸せにしてくれる。でも貴女の身体はどこも柔らかくて、気持ちよくてずっと触っていたい。あと、ジャニスの中も好きだ。柔らかいのに、僕をぎゅうぎゅうに締め付けて、すべて吸い取ってしまうように絡んできて――すごく気持ちいい」

「や……っやめ」

マリスは熱い吐息とともに、ジャニスの身体がどんなふうなのかを確かめて言葉にする。身を捩っても、逃げることなどできない。ジャニスが恥ずかしがっていても、マリスはさらに煽られたように言葉を紡ぐ。

「その声も好きだ。僕の名前を呼んでくれる甘い声とか、気持ちよさそうな声も。あと、笑ってくれたら僕はどうにかなると思う。それから……優しいところも好きだ」

「や……優しく、なんて」

「優しいよ。ジャニスはすごく、優しい」

ジャニスは常に不機嫌である。

怒らせているのがマリスなのだから、マリスの前で怒っていないときなどほとんどない。そのジャニスの、どこを見て優しいなどと言えるのか。マリスはやはりどこかおかしいのではないかと思う。疑うジャニスに、マリスは自分の言葉が本当だと伝えるようににっこりと笑った。

「無理やり僕のものにしたのに、受け入れてくれる。ジャニスは、すごく優しい」

無理やりだという自覚があったのかという驚きと、受け入れたことを優しいと表現するマリスの言葉に唖然とする。

それは優しさとは違うとジャニスは首を振って否定しようとするが、下から見上げるマリスがあまりに穏やかな顔で微笑むから不自然に動きが止まった。

「……愛してるんだ」

甘い声で耳に届いた言葉は、聞き間違いではないようだ。

そんなことを聞きたかったわけではないの。

本心であるはずがない。その甘い言葉は、自分の何もかもを崩してしまいそうで、むしろ一生聞かないままでいたかった。否定してほしくて小さく首を振るが、視界が滲んでいることに狼狽える。

どうして、涙なんか。ここで泣く意味はないし、理由もない。ジャニスは唇を噛んで堪えようとするが、目を細めて笑ったマリスに、解くように唇を奪われた。

マリスの口付けは甘いものだった。

ジャニスの固く閉じた唇を何度も食むようにしては離れて、瞬いて零れたひとつの雫を指で拭うついでに頬を撫でる。柔らかな仕草につい唇が開くと、待っていたようにマリスの唇に塞がれた。唾液が溢れ音を立てるほど弄られて、それでいてマリスの手は優しくジャニスの身体を撫で続けている。

ドレスの上から身体のラインをなぞられて、直に触れられるよりももどかしさが募って、ジャニスの息が上がる。口付けのせいだけではない。ジャニスの身体はいつの間にかこんなにもマリスの愛撫に反応してしまうようになっていた。

こんなはずじゃないのに。

じゃあどんなはずだったのかと問われてもジャニスは答えられないが、それでもこんなに容易く崩れてしまう身体になるつもりはなかった。

「ん……っや、だめ！」

「駄目じゃないよ、ジャニス……こういうときは、もっとって言うんだ」

そんなこと言えるはずがない。

何を期待してマリスがそんなふざけたことを言うのか解らないが、その手はジャニスのドレスの裾をたくし上げてドロワーズの紐に伸びた。抵抗も虚しく、それはジャニスの足から引き抜かれていく。ドレスの下に着けているものが、白い靴下だけになってしまったことがこの上なく恥ずかしい。

「いや——……ッ」

制止の声をかけても、その手をどけようとしてもマリスが止めてくれるはずもない。

裾をたくしあげてジャニスの下肢を露わにして、膝を床に着けたまま足の間に顔を寄せるマリスは、いつも以上に喜々としていた。

ドレスの裾で隠そうとして、必死で両足を閉じようとしているのに、マリスの手によって簡単に防がれてしまう。無力さに、鼻の奥がツンと痛み、涙が堪えきれない。しかしそんなジャニスにはお構いなしに、マリスの指は太腿にかかり、唇が秘部を掠める。縮れた毛が絡まる秘部に口付けを落とす。その舌は、生き物のようにジャニスの襞を這い、ゆっくりと中へ探り込んで来ようとする。やがて熟れたように膨らんだ芯を見つけると、音を立ててそこを吸い上げた。

「んあぁっ」

鋭い刺激にびくん、と身体が揺れた。

「可愛いジャニス……さあ、もっと足を開いて見せて」

「……ッ」

そんなことができるはずない。

必死で首を振っているのに、膝が強い手で割られて身体が押し込まれる。マリスの身体を挟む形になって、腰を前に引き寄せられた。

結果、さらにマリスにの近くに秘部を曝け出すことになってしまい、ジャニスは堪らず目を閉じた。

とても見てはいられない。熱くなっていた内部にひやりとした空気が触れる。指で襞が開かれているのが解った。くちゅ、と音を立てて舐められて、濡れた場所を何度も吸い上げられて、息が乱れるほど苦しくなる。

「んっんっく、ふぁ、あっ」

「ジャニス……やっぱり柔らかい」

「んあぁあぁんっ」

　もっと奥を確かめるために、マリスの指がゆっくりと中に差し込まれた。硬い指は、騎士だからなのかマリスだからなのかは解らないが、深くまで入る。挿《はい》った先で、指の上下が返されて内側の天井を擽られる。

「はあぁんっあっあぁあっ」

　もうマリスには、どこをどうすればいいのかなど考えなくても解っているのだ。ジャニスの身体のすべてをジャニスよりも知っている。それが悔しくて、マリスの顔に手を伸ばした。執拗な愛撫を止めてやろうと思ってのことだったのに、顔ではなく柔らかな髪に指が絡まって、そのままくしゃりと握り込んでしまう。

　思ったよりも指通りが良くて、両手で髪の柔らかさを確かめてしまった。嫌がるかと思ったのに、マリスはジャニスのしたいようにさせていて、マリスもまたしたいようにしている。いつの間にか挿入された指は二本に増えていて、広げられた中を舌が伸びて擽る。

「んあぁぁんっ」

「った！」

刺激が強すぎて、手にも思わず力が入る。思い切り髪を握り込んでしまったせいで、さすがにマリスも苦痛の声を漏らした。

ジャニスの足から顔を上げたマリスが、引っ張られた髪の毛を戻すように頭を撫でているのを見て、ジャニスは少し溜飲が下がった。いつもいつも、虐《いじ》められているのが自分だけなのが嫌だ。マリスも嫌な思いをすればいい。ジャニスはうっすらと笑った。それがマリスをまた不敵に笑わせることになるとは、思ってもみないことだった。

「……ジャニス、いたずらをするのはこの手かな？　お仕置きをしなきゃね」

「……えっ」

目を瞬かせる間に、マリスは自分の首にあったスカーフを抜き取り、ジャニスの細い手首を左右合わせて拘束した。柔らかな布地の拘束に痛みはないが、しっかりと結ばれていてジャニスには解けない。

「ちょ、ちょっと待って！　解いて！」

「だぁめ。ジャニスが悪いことしたんでしょ」

じゃあお仕置きを受けなきゃと笑うマリスはとても楽しそうだ。

お仕置きなんてものをされるいわれはない。理不尽な行為に眉根を寄せて、妻を縛る夫を睨みつけた。

「貴方が！　貴方がしたんでしょ、先にっ！　私は何もしてな――」

「僕が、何をしたの？」

「だから」

「ジャニスに……何を？　どこを、どうしたんだっけ？」

熱を持って既に腫れたようになっているであろう秘部に、マリスの手のひらが重なり、全体を撫で回すようにして刺激する。指が筋を追うように下がるが、決して中には入らない。

「あ……ッん！」

「ジャニス、僕が何をして……あんなになっちゃったんだっけ？」

「いやぁっ」

顔を耳に寄せられ、熱い息がかかる。

マリスは、いやらしい言葉をジャニスに言わせようとしているのだ。どこをどうされたのかなど、ジャニスにはっきり解るはずがない。ただいつも、振り回されているだけだ。

重なった手首の先で手を握りしめ、顔を寄せるマリスを必死で押しのける。しかしマリスの指が襞の中にある核を押し上げて、全身が震えた。それに抵抗する力などない。

「や、や……あっ」

「ジャニス、や、じゃなくて、どこをどうされたの？」

言えない。

ジャニスは必死に首を振る。お腹がびくびくと震えて、足を閉じてしまいたいのにマリスの身体が邪魔をする。その身体に足を擦り寄せていることなどジャニスに自覚はない。

「ジャニス……本当に、そんなことどこで覚えたの？」

「……え？」

マリスの吐いた溜め息には、呆れたような響きが混ざっていた。

いったい何の話だとジャニスが視線を上げると、マリスは口端を上げて、開いたままの足に手を掛けた。

「な、ん……っきゃあ！」

「大丈夫、落とさないよ」

ドレスの裾をたくし上げたまま、マリスはジャニスの身体を抱えて自身の膝を起こした。そしてくるりと方向転換し、自分がソファに座ると、その上にジャニスを座らせたのだ。

ドレスによって隠れたが、その中ではジャニスはマリスの足を跨いで座り込んでいる。

「お、降ろして！」

「ジャニス」

逃げようとした手は拘束されたままで、そのままマリスの首を抱きかかえるように引っ張られた。腕にできた輪の中にマリスの顔があって、近づいたマリスの唇が重なる。

「ん……っ」

近すぎて、上手く逃げられない。顔の角度を変えて何度もジャニスの口腔を弄るマリスに、すぐにジャニスの呼吸が荒くなる。マリスも興奮を抑えきれない様子で、ジャニスの腰を支えていた手をドレスの中に再び潜り込ませた。腰を持って引き寄せられて、自分がどこに座っているのかを認識させられる。

「ん、あ……っ」

いつのまにトラウザーズを開いたのか、硬くなった雄がジャニスの襞へ擦り付けられた。

顔を離すと唇は解放されたものの、手で掴まれた腰が動かない。

「ジャニス……腰を上げて」

「……っ」

無理だ。

首を振ったのに、マリスは音を立てて唇を吸って、顔を覗き込む。見えないのに、ドレスの中で何をされているのかがはっきり解って、ジャニスは羞恥に何度も首を振った。ぬるぬると、丸い先端がジャニスの熱い割れ目を沿う。熱いのはジャニスなのか、それともマリスの欲望なのか、境目はとても曖昧で解らない。

「ジャニス……ねぇ、お願い」

腰を上げたら、下ろさなければならなくなる。それがどんな意味を持つのか、解らないはずがない。自分から受け入れるようなことは、ジャニスには耐えられない。

なのに、眦に浮かんだ涙を舌で舐め取ったマリスは、ジャニスが必死に耐えているものを崩してしまう。熱い吐息を含んだ声で、何度もジャニスを呼んで、柔らかくなった臀部を揉んで、自分を擦り寄せるのだ。

ついさっき、ジャニスを抱えた力があるのだから、挿れたいなら自分で持ち上げればいい。見えない場所に何度も手を這わせていないで、力を込めればいい。そう思って睨みつけても、マリスは熱のこもった目でジャニスにひどい懇願をする。

「ジャニス……お願いだ」

「………………」

濡れた目で睨んでも、あまり効果はないようだ。それどころか、何故か身体はマリスの言う通りに、跨いだ足に力を入れている。腰をそっと持ち上げると、足の間の深い場所に、尖ったものが突きつけられた。

「……っ」

くち、という卑猥な音に、そこが開いたと解る。しかしジャニスができたのはそこまでだった。それ以上は、どうしようもなくなって唇を噛む。

「ジャニス……下ろして」

できない。駄目。無理。

声にはならなかったが、強張った身体でマリスには解ったはずだ。

しかし彼は首筋に顔を伏せて、そこでふと笑った。

「……まぁ、いいか。腰を上げただけでも良しとしようかな」

「え……あ、あ――っ」

からかうような声が聞こえたと思ったら、そのまま強く腰を引き寄せられた。

ずぷりと最奥まで一気に挿入されて、悲鳴が溢れる。胸の奥まで苦しくなる圧迫感に、ジャニスは身体を震わせてマリスを睨んだ。

「い、いき、なり……っ」

「いきなりじゃないでしょ……ああ、すごい、柔らかい、熱い……とろとろ。こんなになってるのに、これを待っていなかったなんて言わないで」

「ちが……っちが、あっ」

「違わないよ……ジャニス、動いて」

腰を前後に揺らされて、ジャニスは頭まで揺れながら、首を振った。

「できないの？　どうして？　ほら……自分でいいところに擦り付けていいんだよ？」

「そんな……っない、むりっ」

「ないわけないよ。ね……こことか」

「ひ、あぁぁっ」

ついさっき、ジャニスに腰を上げさせた夫は、今度は自分の手で腰を摑んで持ち上げる。そして少し浮いた場所に自分の雄を擦り当てた。指で何度も触れられた場所でもある。そこがジャニスのおかしくなる場所だと、マリスが教えたのだ。

「ここも……ねぇ、好きでしょ。乱れたって、僕しか見てないよ」

「いやあ……っ」

マリスが見ている。マリスがいるから、乱れたくない。

おかしい自分を新しく知るのも嫌だった。逃げたいのに逃げられない。ジャニスはまだマリスの首に腕を回して縋りついているのだ。

「いや……っマリ、スっ、もういやぁ」

何も言わないでほしい。何もしないでほしい。

これ以上おかしくなると、ジャニスは元に戻れなくなってしまいそうだった。

「ああ、ジャニス……本当に、可愛い。まぁ時間はこの先もたっぷりあるから、この次の楽しみにしておこうかな……ああ想像しただけでイきそうだけど。ジャニスが僕の上で腰を振って乱れて――」

「やめて！　そんなこと、しなっあぁっ」

ジャニスの耳にわざとらしく囁く声を遮ると、マリスの手が逃げようとしたジャニスの腰を掴み、揺すり始めたのだ。もう一度臀部を掴んで、強く上下に動かす。

「あっあぁっあんっ」

ジャニスは必死にマリスにしがみ付いた。そうしないと、振り回されてしまいそうだったからだ。そのペースはどんどんと速くなり、ジャニスの耳にマリスの荒い呼吸が届く。

「ジャニス……っ」

「んあっあっあぁあっ」

強く打ち付けられて、ジャニスはマリスが達したのを身体の中で感じた。同じように、自分の身体も痺れている。

マリスに力なく寄りかかりながら、ジャニスは自分がドレスを着たままだということを思い出した。マリスの服もスカーフを抜いただけで乱れは見えない。

すべてはドレスの中に隠れている。乱れてないようで、ひどく乱れている。それがジャニスの羞恥心を増した。

嫌だと思っていたのに、こんなところで乱れてしまった。

どうしたらいいのか考えるよりも前に、ジャニスは疲れて意識が薄れていくのを感じた。腕をマリスに回したままで離れることもできず、力の入らない身体がマリスに凭れ掛かる。

最後に覚えているのは、そのジャニスをとても大事そうに抱きとめるマリスの腕の温かさと、「お願いだから、このまま僕にとらわれていて」という懇願めいた言葉だった。

＊＊＊＊＊

空が夕闇に包まれる頃、ジャニスはウィングラード子爵家の二頭立ての馬車に揺られていた。隣にはジャニスの身体を支えるようにマリスが寄り添っている。離れたい気持ちはやまやまだが、まだ全身から気だるさが抜けきっていないせいで抵抗の声を上げることすら億劫だ。

マリスは、王城の一室で乱れてしまったジャニスの身体をいつものように綺麗にした後で、侍女を呼んで髪や化粧を直すように言った。まだふらふらとするジャニスの身体を嬉しそうに支えて、それから王城を後にしたのである。暗くなっていく景色を馬車の窓から見つめて、ジャニスはふと今日の出来事を思い出した。マリスとの情事ではなく、その前のことをだ。

「あ……っ」

「どうしたの？」

「私、陛下に失礼を……」

そもそもの原因はマリスとはいえ、礼を欠いて部屋を出て行ってしまったのだ。陛下やササラの心証を悪くしたに違いない。さあっと顔が青ざめるジャニスに、しかしマリスは「何だそんなこと」と笑う。

「陛下は気にしておられないよ。ササラさまも心配されていたみたいだし。気にしないでまたお会いすればいいよ」

「そんな！　貴方が気にしていないだけじゃないの!?　あんなことをして」

「そうかな？　まぁ僕の言葉が悪かったのだから、ジャニスは気にしないで大丈夫だよ。安心して」

「……安心できない」

何より、それがマリスの言葉だからだ。誰よりもジャニスに不安と不信を植え付ける夫の言葉だから、一番安心できない。

睨みつけたのに、マリスはにっこりと受け止めるだけだ。だからどうして、そんな笑顔でジャニスを見るのだろう。眉を寄せると、口端がつられたように下がる。機嫌の悪い顔で夫を見ていると、馬車がゆっくりと止まった。

「着いたね」

言われて、ジャニスはその場所が子爵邸ではないことに気づいた。晩餐は公爵家で。そう決められていたのを、今更思い出す。

ジャニスは慌てて自分のドレスを見る。見てもどうしようもないのだが、着替えもしないでバドリク公爵と奥方、つまりマリスの両親に会うことに、動揺してしまったのだ。

「大丈夫。ジャニスは綺麗だから」

「貴方の大丈夫が一番信用ならないの……っ」

「そう？　気になるなら、父上たちに会う前に着替えを用意させるよ」

強く睨みつけても、マリスは平然としている。

もう公爵の屋敷に着いてしまっているし、何も気にしていないマリスを見、着替えにかかる時間を考え、ジャニスは嘆息して諦めた。気にしない夫の両親なのだ。きっと、マリスの性格もよく解っているはずで、諦めたジャニスのことも解ってくれるかもしれない。なるようになる。流されるままにしていればいいと、ジャニスは今までと同じように深く考えることを放棄したのだった。


バドリク公爵邸は大きな屋敷だった。

貴族階級の頂点にいる公爵家であるから、このくらいの広さがあって当たり前なのだが、きっと一日では回りきれないだろうと思うほど広い。門に囲われた庭まで広く、きっと迷子になるに違いない。

それに比べるとウィングラード子爵邸は子爵という身分にあった広さだ。侍女の数もジャニスが覚えられるほどだし、従僕や下男もたくさんいるとは聞いてない。庭も屋敷をぐるりと囲うだけで、子爵邸としてはおかしくない広さだ。

マリスが公爵嫡子であることを考えると少し小さいのではと思うくらいでもあったが、いずれ公爵邸に戻ることを考えるのなら、仮の住居としては充分なものだとも言える。

いずれ、ここに住むことになる？

ジャニスは今更ながらにその事実を思い出して、表情を強張らせた。

男爵令嬢だったジャニスからすると、側室となるのも恐れ多いものだった。子爵夫人くらいなら、受け入れられる。しかし、公爵夫人となるとどうだろう。そんな役割がはたして自分に務まるのか。このままだと、冗談ではなくその未来が待ち受けているように思う。

ジャニスは馬車から降りて隣に並ぶ夫から、距離を置いた。それは自覚ないものだったが、自分への不安とマリスへの不安とが混ざったものの表れでもあった。

そのジャニスを、マリスは放っておいてはくれないようだ。

「……ジャニス、逃げられると思っているの？」

にっこりと微笑みながら強くジャニスの腰を抱き寄せる。

考えていることはすべてお見通しだと言わんばかりの笑顔に、ジャニスは目を眇める。

ジャニスにはマリスが何を考えているのかまったく解らないのに、彼はジャニスのことをすべて理解できているようだ。

「さあ、父上たちが待っているよ」

逃げ道を塞ぐように、マリスは早々と屋敷へと向かう。

ジャニスはそれに付いていくしかないのだと、小さく嘆息した。


大きな扉から屋敷に入ると、優しそうな笑顔を浮かべた老齢の執事が出迎えた。

「マリス様、おかえりなさいませ。ジャニス様、ようこそおいでくださいました」

「やあロイシュ、みんな変わりないかな？」

「はい。マリス様がいらっしゃるとうかがってから、みな心待ちにしておりました」

ロイシュという執事はきっと長く務めているのだろう。その親しげな様子からマリスとも付き合いが長いように感じられた。

彼のジャニスを見る目には温かなものがある。今のところ使用人には嫌われていないようで、ジャニスも少しほっとした。

執事の案内で、家族が揃うリビングへと向かう。そこにはバドリク公爵と、その奥方であるリリーシャ、そして幼い少女が待っていた。

「マリス、随分遅かったな。陛下に引き止められたか」

王城から先に帰宅したバドリク公爵の言葉に、ジャニスは身体を固くした。しかしマリスは平然としたものだ。

「ええ、そんなところです。母上、ご無沙汰しておりました。長く戻れなくて申し訳ありません」

「本当に――本当に！　騎士団に入ってからまったく帰らなかったものね！　任期を終えてもすぐに子爵邸に籠っていたというから、家族のことなんて忘れてしまったのだと思っていたわ」

マリスを強く睨みつけて率直に嫌味を言う公爵夫人は、まだ若々しかった。公爵とは随分歳の離れた夫人である。継母ということも考えられたが、この遠慮のなさは確かに血の繋がりを感じられる。

「ジャニスを知れば僕が夢中になるのも理解してもらえるはずですよ。母上、彼女がジャニスです。ジャニス、父上とは王城で会ったよね。母のリリーシャと、妹のアリーシャだよ」

なんとなくそうではないかと思っていたが、両親の間に座る少女はマリスの妹のアリーシャであるらしい。まだ社交界にもデビューしていないような、幼い少女である。しかしマリスの妹というだけあって、将来が非常に期待できる容姿で、両側に並ぶ両親の良いところを受け継いだようだ。

マリスは母親似だ。金色の髪も、新緑の瞳もそのままで、マリスの性別を変えれば目の前の夫人になるのだろう。ジャニスは改めて、マリスのことを何も知らないのだと思った。

騎士団に居たと聞いているだけで、今の彼が王城でどんなことをしているのかも知らない。家族構成も今教えられたくらいだ。

流されているだけで構わないと思っていたが、こうなると流されているだけでいいはずがないと身を引き締める。ジャニスは決意を新たに、マリスの家族に挨拶をした。

「バドリク公爵様、奥方様、アリーシャ様。ご挨拶が遅れて、本当に申し訳ありません」

「貴女がジャニスさんね。マリスが夢中になるだけあって予想通りの方ね」

どんな予想だったのか、ジャニスは気になったが確認はできない。

「貴女が謝ることはないのよ。謝ることはないのよ。きっと私の手紙もマリスが止めていたんでしょう。本当に、子供でどうしようもない子ね」

「母上、僕ももう妻を持った身ですよ。子供ではありません」

呆れた顔を隠さない公爵夫人に、マリスは平然と笑顔で返す。けれどさすがはマリスの母親というべきか、彼女はきっと目を吊り上げた。

「お気に入りの玩具を隠してしまうようなことをするのは、子供の証拠よ。これからその無駄にした時間を取り戻してあげるから、覚悟なさい」

「無駄？　僕とジャニスの時間に無駄はない」

「お黙りなさい。さしあたって、次のサントワール伯爵夫人の集まりには出席しますからね。ああ、その前に顔見せをしなくては……明日にでも王城のサロンに行きましょう」

宙を見つめて予定を立てていく公爵夫人に、驚いたのはジャニスだけではない。マリスも眉を顰めた。

「母上、何度も言いますが、ジャニスは僕の妻です。勝手に予定を入れないでください」

「貴方の妻ならうちの嫁です。言っておくけどマリス、結婚は子供の遊びではないのよ。子爵夫人となったからには、ジャニスさんは貴方だけに構っているというわけにはいかないの。女には女の付き合いというものがあるのよ」

子供に言って聞かせるような言い方だったが、対するマリスがまさに子供のように顔を顰めているので、この母親の対応はマリスを説得するのに正しい方法なのかもしれない。

そして、当人を置いておいて予定を入れていくところはやはり親子だ。

「ジャニスさん、明日は午後にうちに……いいえ、もうこのまま泊まっていくわよね？」

その方が面倒もないわと決めてしまう公爵夫人に、マリスが何かを言う前にジャニスは頷いた。

「奥方様、私のことはどうぞジャニスとお呼びください。恥ずかしながら、無知な私によろしくご指導くださいますようお願いいたします」

ジャニスは社交界について本当に無知だと言える。

男爵家に生まれたものの、一般的な貴族令嬢としての知識しかない。同じような貴族に嫁いだのならともかく、ジャニスは十年間後宮にいて、そこでも何かをしていたわけでもない。そのジャニスが、子爵夫人になったのである。夫を寝台で待っているだけでいいはずがない。

さらには、マリスは公爵嫡子なのだ。今更、なりたくてなったわけではないなどと言っている場合ではないことくらいジャニスにも解る。

了承したジャニスに、公爵夫人は綺麗な顔をにっこりとさせる。

「私のこともリリーシャと呼んでちょうだい」

緊張しながらもジャニスが頷いたところで、執事が晩餐の支度が整ったと呼びかける。ジャニスの隣で口を開きかけたマリスは、言葉の先を奪われた形で顔を顰めていたが、何かを言うことはなかった。

母親には勝てないのかしら。

夫が初めて言いくるめられたところを見て、少しほっとした。いつも振り回されているジャニスだが、対抗する手段を見つけられた気がしたのだ。


晩餐はつつがなく終わった。

話していたのはほとんど公爵夫人であり、バドリク公爵は相槌を打つだけだ。時々幼いアリーシャが返事をするが、来年社交界にデビューする予定だという少女はかなりの恥ずかしがり屋らしく、初対面のジャニスを気にしてあまり話さない。

ジャニスも当たり障りない返事をするだけで、結局公爵夫人の相手をするのはマリスである。

公爵夫人の発言は堂々としていて淀みがない。それに抵抗するように、マリスも同じようにすらすらと話す。マリスの人の話を聞かない一方的な会話の形は、こうして生まれたのかもしれないとジャニスは思った。

公爵夫人の勧めるまま、結局公爵邸に泊まることになったジャニスたちは、客室に案内されてようやく一息つく。そこで同じ部屋に入ったマリスに腕を回されて、ジャニスはぎゅうっと眉根を寄せるのだ。

「ジャニス……どうして母上とサロンへ行くの？」

女性ばかり集まるサロンに夫と行く方がおかしい。

しかしジャニスはその正論は口に出さず、腕に力を込めてマリスを引き離した。

「貴方こそ、何を考えているの？　私への手紙を全部止めていた理由は何なの？」

そのせいで、ジャニスはマリスが戻るまでの半年間屋敷に引き籠っていることになったのだし、外で何があったのかまったく知らないままだったのだ。元々世間を知らないジャニスだったが、さらに物知らずになっていたのはジャニスだけのせいではない。

強く睨みつけたというのに、マリスはやはりいつものように嬉しそうだ。

「ジャニスを独り占めしたかったから……だってもう、待ちすぎて気が狂うかと思ってたんだ」

だから閉じ込めておいたと平然と言う夫を、ジャニスはさらに睨んで拘束する手から逃れる。

「貴方は！　私をどうするつもりなの!?」

「僕の奥さんになってもらったから、これから二人で幸せになる予定だよ」

「幸せになんて、なれると思っているの!?」

「僕はジャニスが居ればそれだけで幸せだよ」

離した手をまた伸ばし、マリスはジャニスの身体を抱きしめる。

そのまま寝台の方へ歩み寄られて、ジャニスはマリスが何をしようとしているのか理解する。

「――いや！　ここは家じゃないのよ!?」

「何言ってるのジャニス。王城だって家じゃなかったよ」

もがいてその腕から逃げ出そうとしていたジャニスは、今日の昼間のことを思い出して顔を熱くした。

確かに家ではなかった。その上、いつ誰が来てもおかしくない場所でもあった。流されてしまった自分にジャニスはさらに腹が立つ。自分の身体が淫らになってしまったことが恥ずかしく、居た堪れない。

「じゃあ今日はもう無理よ！　朝だって、したのに！」

寝台の上に強制的に降ろされて、その上でマリスから逃れようと後ろへずり下がる。しかしマリスの手はしっかりとジャニスの足首を摑んで離さない。

「だってジャニス、明日は母上と一緒に出かけてしまうんだろう？　一緒にいられないなら、今補充しておかないと僕がおかしくなってしまうよ」

もう充分おかしい！

ジャニスははっきりとそう言い返したいのに、結局力では敵わないことを思い知らされる。伸し上がってきたマリスに寝台に押し付けられ、強く唇を塞がれる。ジャニスの口の中をあやすように動く舌は、ずるい。

「ん……っん、んっ」

口付けだけで翻弄されてしまう身体が憎い。強く閉じた目じりから涙が溢れるけれど、マリスは零れた涙も自分のものだと舐め取る。マリスの腕の中で、自分は彼にとって何なのか解らなくなって不安になった。

ジャニスの考えていることをすぐに見抜いてしまうくせに、どうして自分の言葉を、意思を聞いてくれないのか。子供のわがままだと言ってしまえばそれまでだが、マリスは子供ではなく夫であり、ジャニスはその妻だ。ジャニスはこの結婚が上手くいくとは思えず、快楽によるものとは違う涙を零した。

四章

公爵邸で迎えた朝、疲れ果てた身体でジャニスは起きた。

出かけるのは午後からで時間はまだあるのだが、いつまでも寝台にいると、飽きもせず手を伸ばしてくるマリスに絡まれるのである。夜のうちに散々いたしたというのに、マリスは朝から元気なのだ。

これが若さの違いなのかと懸隔《けんかく》を感じるが、若いだけでこんなに執拗なのはやっぱりおかしいと思う。

「おはようジャニス、疲れているなら、今日は寝ていてもいいんだよ？」

相変わらずキラキラと輝く笑顔で微笑むマリスだが、寝台にいるとマリスが大人しくしていないことはジャニスが良く知っている。そしてそれを狙ってジャニスを疲れさせたのだとも知っている。

無言のまま睨みつけて起きると、公爵家の有能なメイドたちが朝から湯浴みの用意をしてくれていた。その後、身だしなみも完ぺきに整えてくれる。

淑女としてのすべての用意が整って玄関ホールへ向かうと、ジャニスの疲労の残る顔を見た公爵夫人が呆れたように、申し訳なさそうに溜め息を吐いた。

「マリス、ジャニスさんから離れなさい」

この期に及んでまだしつこくジャニスにまとわりついていたマリスを引き離し、王城へ向かう馬車に乗せてくれる。

「マリスは嬉しくて仕方がないのね」

「……はい？」

マリスの姿が馬車の窓から見えなくなった頃、まだ若々しい公爵夫人は、困ったように微笑んだ。

ジャニスにとってマリスの笑顔は裏がありそうだと勘ぐってしまうものだが、裏などなく本当に嬉しいからだと母親は言う。

「なにしろ、十年前から貴女のことだけを考えていたようだもの。我が息子ながら怖いくらいよ」

「…………」

やはり、十年前からというのは本当のようだ。しかしジャニスはその十年前が思い出せない。本当に出会っていたのかどうかも解らないのだ。

もし会っていたとしても、マリスを夢中にさせる何をしたというのだろう。

「ごめんなさいね」

考えに没頭していたジャニスは、公爵夫人からの突然の謝罪に目を瞬かせる。

「マリスは、貴女に無理をさせているでしょう？」

いったいどのことを指しているのか、ジャニスは思い当たることがありすぎて素直に頷けない。それを理解してくれているのか、公爵夫人は苦笑いをした。

「……マリスが十年前から貴女を求め続けているのは、もしかして私のせいなのかしら、と思ってしまったのよ」

「……それは、どういう……」

「ゲオルグ様は本当に甘くて、あのままだとマリスは何もできない子になってしまいそうだった。だから私はマリスに厳しく当たってしまったの」

「……そうなんですか」

「十年前、あの子は七つよ。子供が母親の愛情を求めても不思議はない歳で、あの子は貴女を選んだ。貴女はとても優しいと聞いているから、もしかしてマリスは貴女に、母親としての愛情を望んで、それが歪んでしまったのかしら、と」

「……」

ジャニスには何も言えなかった。

十年前にどんな出会いをしたのかジャニスは覚えていない。マリスの過去を聞くと、公爵夫人の言葉もその通りなのかと思う。

「想われた貴女には迷惑なものかもしれないわね。でも、どんな形であろうとマリスが本当に貴女を望んでいたことは確かなの。できるなら、この先もあの子と一緒にいてあげてほしい」

これは母親としてのわがままなお願いだけど、と公爵夫人は笑う。まっすぐに相手を見つめて笑う新緑の瞳がマリスとよく似ていた。やはり親子だ。

しかしそんな笑顔を向けられて、ジャニスはどう答えていいのか解らなかった。

「だけど私は貴女の味方よ。あの子が無茶を言ったら、私に連絡するか、私の名前を出してちょうだい。いつでも力を貸すわ」

マリスは常に無理を言い、無茶をする。公爵夫人の名前を出して、何かが変わるとは正直思えないが、ジャニスは小さく頷いた。頷いたものの、ジャニスの中にはこれまでとは違う重石《おもし》が生まれていた。マリスの気持ちが、ますます解らなくなったのである。

王城のサロンに着くまでぼんやりと考えていたジャニスだが、サロンに着くとそんなことを考えている暇はなかった。

天窓から明るい光を取り入れた温室のようなサロンは、まさに女の社交場だ。その広い部屋にひしめく令嬢や夫人たちは、ジャニスが現れた途端に好奇の視線を向けて来た。

「皆様、うちの嫁をようやくご紹介しますわ」

公爵夫人の溌剌《はつらつ》とした声に、ジャニスは緊張した身体をほぐすようにドレスの裾を摘まんで挨拶をした。

「ジャニス・ウィングラードです」

それだけ言うのが精いっぱいだった。その後も、にこやかな顔をした人たちからのたくさんの質問や挨拶に失礼のないように答えることしかできなかった。

男爵令嬢だったジャニスは、こういった場所に慣れていない。そして側室として後宮に入ってからは、他の側室たちとの交流も避けていたため貴族の女性としての付き合いを一切していなかった。だから作法を思い出すというより、もとから知らないジャニスは、ただ礼を欠くことがないように気をつけるだけで精いっぱいだったのだ。

ただぼんやりとしているだけでも生きていけた側室時代とは違い、代わる代わるに声をかけられ、公爵夫人の友人だというサントワール夫人の次の集まりに誘われ、若い令嬢を連れた夫人に冷ややかな視線を向けられ、マリスとの結婚のなれ初めを訊かれ、引きつる笑顔も固まってしまいそうだった。

やっぱり私、社交界に向いていない気がする。その事実を悟り、打ちのめされた。それでも貴族である以上、そしてマリスの妻という立場である以上、避けて通るわけにはいかないということは解る。憂鬱に思いながらも、これから努力していこうと思った矢先、愛らしい令嬢からの一言がジャニスを凍らせた。

「――それで、ジャニス様は十日後の舞踏会にはどのようなドレスをお召しになられますの？」

「……十日後の、舞踏会へ……ですか」

何のことかとその意味を考えるジャニスに、令嬢はその愛らしい顔を歪めて笑った。周囲の空気が一瞬凍りついた。

「まあ、まだお決めになっていらっしゃらないのですか？　陛下がササラさまを伴う初めての舞踏会ですのよ？　王城の方々もそれはもう張り切って準備なさっているのに……」

出席しないはずはない。

マリスはバドリク公爵の嫡子であり、陛下の覚えもめでたい将来を期待された存在である。そのマリスが出席しないはずもなく、妻であるジャニスも同伴するのが当然だ。

今まで引き籠っていたジャニスがそれを知るすべはなく、しかしここでは、知らないことがおかしいのだ。ジャニスは背中がすうっと冷えていくのを感じた。

いったい自分は、どこで何をしているのか。何をされているのか。

解らなくなって、ジャニスは混乱した頭を抱えてふらりと足を踏み出した。何かを伝えて令嬢たちから離れたはずだが、何をどう取り繕ったかよく覚えていない。とにかく人目から逃れたいと隅に逃げ、目の前にあった両開きの硝子戸を開けて外へ出た。

サロンの外には屋外に面した回廊があり、その向こうに小さな庭園が造られていた。サロンに集まっていた人々はどうしてかここには来ないようだ。

ジャニスは背中にどっと大きなものが圧しかかっているような錯覚を覚えて、前のめりにその中に逃げ込む。中心には丸いテーブルと椅子が置かれていて、そこには既に先客がいた。白い髪と、同じ色の口髭を生やした老紳士が椅子に腰掛けゆったりと寛いでいたのだ。

「あ……申し訳ございません」

「……お待ちください」

ジャニスは驚いて慌てて引き返そうとしたが、老紳士の優しい声に足を止めた。

「誰か話し相手が欲しいと思っていたところです。こんな老いぼれの相手が嫌でなければ、お付き合いくださいませんか」

振り返ると、目じりに皺を寄せて穏やかに笑う紳士が、椅子を勧めてくれていた。

ひとりになりたかったはずなのに、にこやかな老紳士の笑顔には抗えず、言葉通りに、テーブルを挟んで老紳士の前に腰を下ろした。

「お茶をお淹れいたしましょう。先ほど用意したので、まだ冷めていないはずですよ」

慣れた手付きでポットを操る紳士に、ジャニスは驚きながらも頭を下げる。

「ありがとうございます……」

差し出されたカップからは美味しそうな甘い香りが漂い、温かな湯気が上っている。その湯気を見つめていると、ぽたりと雫が落ちた。

「あ……」

突然零れた涙に、驚いたのはジャニス本人だ。慌てて指で拭ったが、老紳士はさして驚くこともなく笑みを浮かべたままだった。

「お疲れですね」

確かに疲れていた。後宮を出てマリスに出会ってから、人生が勢いよく進みすぎている気がする。流されるまま過ごせばいいと思っていたが、世間も常識も知らないジャニスには、受け止める情報が多すぎて混乱していた。

けれど助けてくれるはずの夫が誰よりもジャニスを疲れさせるのだから、ジャニスに逃げ場はない。貴族として、子爵夫人としての務めを果たさなければと思っているが、逃げたいという気持ちは相変わらず心の片隅にずっとある。

ジャニスのそんな心の内を初めて理解してくれて、気遣われた気がして、それまでぴんと張りつめていた糸が急に緩んだのだ。そして気持ちが溢れ、涙が零れた。父がもし生きていたら、こんなふうに労ってくれただろう。懐かしさも込み上げて、さらに目が潤む。

しかし初対面の相手を前にして泣き顔を見せ続けるわけにもいかない。相手もきっと困っているだろう。ジャニスは涙を拭ってもう一度頭を下げた。

「いきなり申し訳ありません。つい父を思い出し、気持ちが緩んでしまったようです」

「構いませんとも。貴女のような美しい人のお父上になれるのなら、この老いた存在も報われます」

「そんなこと……」

老いたと言われても、確かに白髪であり自分の父ほどの年齢だと思うが、それほど老いているようには感じられない。座った姿は寛いでいるのに、背すじはぴんと伸びていて、佇まいには品がある。

かなりの身分の方なのではと気づいて、ジャニスは失礼のないよう名前を尋ねなければと思い、そして自分が名乗っていないことに気づいた。

「あ……名乗りもせずに申し訳ございません。私、ジャニス・ト……ウィングラードと申します」

旧姓を言いかけて慌てて言い直す。どんな夫であれ、ジャニスが子爵夫人であることには違いないのだ。

老紳士はにっこりと笑った。

「存じてますよ」

その笑顔にジャニスが驚いた。初対面だと思っていたのだが違っただろうか。けれどどこで会ったか思い出せない。

「もう十年になりますか、貴女はまったくお変わりになっていませんが、その頃にお会いしているんですよ」

「え……っ」

十年前。マリスと出会ったのも十年前だがいったいその年に何があったのか何も思い出せなくてジャニスは自分の記憶力を疑いたくなる。

「私は騎士団に勤めておりましてね……ああ、申し遅れました。私はサヴェル・シグラーテと申します。貴女が後宮に迎えられる際、陛下に護衛を仰せつかりました」

一介の騎士でしたから、覚えていらっしゃらなくて当然ですと微笑む老紳士に、ジャニスは目を瞬かせる。

確かに十年前、男爵家の屋敷から王城へ向かうとき、ジャニスは煌びやかな騎士たちに迎えられ後宮へ入ったのだ。

それまでの生活では考えられない最上級の扱いを受け、屈強な騎士に守られて、あのときは自分がお姫様になったように感じた。その守ってくれていた騎士の中に、この人がいたのだろうか。

「とても美しいお嬢さまだと、騎士一同、この方なら陛下に相応しいと誇らしい思いで、護衛を務めさせていただきました」

「そんな……」

お世辞だと解っていても、自然と顔が熱くなった。浮かれた少女の頃の気持ちが蘇ってきたからかもしれない。

けれどあれから十年。ジャニスは陛下と触れ合うことはなく、後宮を出てマリスと結婚することになったのだ。本当に人生何が起こるか解らないとジャニスは苦笑する。サヴェルも目じりの皺を深くして微笑んだ。

「マリスは、貴女に無理を言っておりませんか」

ジャニスの姓からマリスと結婚していることに気づいたのだろうが、とっさのことに驚く。

「私が騎士団を辞める前に入って来た子でして、老いた私を最後まで手こずらせてくれました」

「手こずらせて……？」

「ええ。生意気ばかりで。叱りつけても懲りずに減らず口を叩いて悪戯《いたずら》を繰り返す困った子供でした」

大げさに肩を竦め、眉を下げるその姿はジャニスの笑いを誘っているようだった。

「悪戯を、あの人が？」

「ええ、聞きたいですか？」

そう言って、目を輝かせる老紳士こそ、悪戯を仕掛ける子供の様な笑顔をしていた。ジャニスは思わず噴き出してしまう。

「お聞きしたいです」

「では、お教えしましょう。この先マリスに無茶を言われたときに、切り札となるように」

それからサヴェルは、マリスの子供時代の悪戯を語り始めた。同僚の装備を紙製にそっくり換えてしまったことや、気に入らない上官を落とし穴に嵌めたこと。才能を無駄に使うことで周囲を呆れさせていたことなど、サヴェルはそんなマリスを叱りながらも温かい気持ちで見守っていたのだろう。

今の夫とは違う一面を知り、ジャニスの頬は自然と緩んだ。

何より今の時間が、結婚して初めて落ち着いた時間でもあるのだとジャニスは初めて気づいた。自分にはこんな時間が必要だったのだ。ジャニスはサヴェルとの出会いに感謝した。

いつしか、サロンが閉じられる時間まで時を忘れて話し込んでいた。

長い時間引き止めてしまったことをジャニスが詫びると、サヴェルはまたお会いしましょうと笑顔を返してくれた。その言葉に、ジャニスの心は勇気づけられた。

サロンに戻ると、公爵夫人が心配そうに歩み寄って来た。

「さすがに疲れたでしょう？　大丈夫かしら？　このまま送ってあげるわ」

「ありがとうございます」

ひとりで消えていたジャニスを、公爵夫人は気遣ってくれる。せっかく誘ってくれたのに、子爵夫人として上手く振る舞えなかったことが情けなくなった。

帰り道、サヴェルとの会話で少し落ちつきを取り戻していたジャニスはこの先どうすればいいのかを考えていた。

望んで結婚したくせに、ジャニスを外界から切り離すようにしてきた夫に、ジャニスが抱いたのはやはり怒りである。誰にも会わせず、誰にも見せず、自分の腕に囲い、閉じ込める。それが目的であるなら、ジャニスは正妻でなくても良かったのである。むしろ、表に出さない妾で良かったはずなのだ。ジャニスはちゃんと怒っていいのだと、怒らなければならないと思った。

母親の愛情を知らず、歪んで育ってしまったというマリス。わがままで傲慢で、自分の思いを優先させて人の言葉をきかないマリス。悪意をぶつけられるほど貴族から憎まれているマリス。子供の悪戯を繰り返し、周囲を困らせながらも憎まれずにいたマリス。

いったいどれが本当のマリスなのか、そして何を望んでいるのか、冷静になった頭で考えても、そこはやっぱり解らなかった。

だからとりあえず、帰宅したら自分に届いているはずの貴族たちからの手紙を確かめて、その事実を突きつけもう一度怒ってやりたい。ジャニスはそう決めて子爵邸へ帰り着いたのだった。

＊＊＊＊＊

「ハンス？　ハンスはどこ？」

門から屋敷に入るなり、ジャニスは大声を張り上げた。

貴族の夫人というものは、はしたなく大声を上げたりしないものである。日頃から不機嫌顔であっても、ジャニスはこれまでこんなふうに声を上げたりはしなかった。

ジャニスに呼び出されたこの館の執事であるハンスは、いつもと変わらない物静かな様子でホールに現れた。

「お帰りなさいませ奥さま。お出迎えが遅れて申し訳ございません」

「そんなことはどうでもいいの。今まで私に来ていた手紙を全部出してちょうだい」

「奥さま、お部屋へどうぞ。一度落ち着かれてはいかがでしょう。すぐにお飲み物をご用意いたします」

「嫌よ。あの人の命令で見せられないというのなら、公爵夫人から許しを貰っているわ。出してくれないなら、このまま公爵邸に行って公爵夫人を呼んでくるわよ」

執事はいつもとまったく変化なく落ち着いた様子でジャニスを見つめていたが、しばらくすると綺麗に頭を下げた。

「お飲み物と一緒にお部屋へお持ちいたします」

その返事を聞いて、何か誤魔化すつもりだろうかと疑ってはみたが、マリスをよく知る執事である。ジャニスの怒りをちゃんと受け止めて従うだろうと信じ、自分の部屋へ向かった。

「奥さま、お疲れではございませんか？」

「奥さま、お湯浴みのご用意もいたしております」

「奥さま、お食事はおとりになられましたか？」

ジャニスの帰宅を聞いてすぐに駆け付けた侍女たちが心配そうに気遣ってくれるが、ジャニスは素直に従う気にはなれなかった。

疲れているし、身体はさっぱりさせたいし、何も食べていないのでお腹も空いていた。しかし、侍女の台詞のどれにもジャニスは頷けない。このもやもやしたままの気持ちを抱えているより、この勢いに乗ってすっきりさせてしまいたかったのだ。

執事がお茶とともに持ってきた手紙は、お茶を載せるワゴンの下段をうめる量になっていた。

宛名はすべて「子爵夫人」。つまりジャニス宛てである。公爵夫人からのものもあれば、会ったこともない貴族の名前もある。ハンスはそれらを時系列にきっちりと分けてくれた。

「この上のものが、新しいものでございます。この下のものは、お集まりのお誘いなどですが既に時期を過ぎております」

ジャニスの知らないうちに、だ。

ジャニスは送り主の名前のほとんどを知らなかった。その中に、今日のサロンで知り合った方の名前も見つけて、何の謝罪もしなかったことにも背すじが凍る。それでも一枚一枚確認しながら、ようやく探していたものを見つけた。

王城からの招待状である。子爵夫妻宛てになっている以上、ジャニスを伴わないはずはない。なのにジャニスはこのことをまったく知らない。

もしかして、誰か他の人と行くつもりなのだろうか。

ふと思い浮かんだ想像に、ジャニスは納得しかけた。どうりでジャニスに知らせないはずだ。妻となったのはジャニスだが、公の場に連れ出すのはジャニスではない。ならやはり、ジャニスは正妻ではなく妾なのではないだろうか。ジャニスは男爵令嬢から側室になった身で貴族社会で胸を張って自慢できるような立場になったことがない。だから隠すのだろうか――ジャニスは手にした封筒を握り潰しそうになって、慌ててそれを他の手紙の上に戻した。

執事に問いかける声が知らず沈んだものになる。

「……これにはもう、返事はしたの？」

「はい。出席いたしますと」

「……そう」

誰と行くの。

マリスと顔を合わせたら怒鳴り散らしてでも問い詰めようと思っていた気持ちが、次第に萎んでいくのを感じた。何のためにジャニスと結婚したのか。ジャニスをどうしたいのか。マリスに聞きたいことは変わりないが、自分の中の勢いというものがなくなっていた。

「奥さま？」

目の前ではジャニスの好きな銘柄の紅茶が、ゆらゆらと良い香りを漂わせているが、今はそれを頂く気にはなれない。積まれた手紙にも背を向けて、ジャニスは部屋の外へと足を向けた。

「疲れたからもう今日は休みます」

「では……」

「何も要らないわ。ひとりにしてちょうだい」

気遣うような執事の声を振り切って、ジャニスは部屋を出て寝室に向かった。

ひとりになって、ドレスを脱いでコルセットを外す。夜着に着替える気力もなく、下着姿で寝台の中に潜り込んだ。

ひとりで転がれる自由を手に入れてほっとする。マリスと出会って以来、寝台の上は安らぐ場所ではなかったのだ。

この安寧を求めていたはずなのに、ジャニスは何故か心がもやもやして落ち着かなかった。マリスへの不信感はまだジャニスの中にある。ただ、怒りとは違う何かが落ち着かなくさせていた。

もし、マリスが舞踏会に他の誰かを伴うとして、ジャニスは本当に囲われるだけだったとして、それがどうだと言うのだ。

今までも側室として生きてきたし、同じような立場だと思えないわけではない。確かに陛下と顔を合わすこともなく名ばかりの側室として暮らせるのとは違って、マリスの相手をするのはひどく体力を必要とする。それでも食べることに困らず、着るものにも困らず暮らせるのだから不満を言うべきではない。

いずれ捨て置かれるようになっても、なるようになる。そのとき流れるままに生きればいい。

これまでだってそうして生きてきたのだから、変わりはない――そう思ったのに、ジャニスは自分の目の前が滲んでいるのに気が付いた。シーツにじわりと染み込んでいくのが、自分の涙だと知って驚く。

なんで泣くの。どうして涙が出るの。泣くことなんて、何もないはずなのに。

自分の不安定な気持ちに動揺して、目をシーツに押し付けて涙を止めようとしたとき、寝室のドアがかちりと開いた。

「ジャニス？」

ドアに背中を向けていたが誰だかは解る。

ジャニスの部屋に了承も得ず入ってくる者などひとりしかいない。

「ジャニス、気分が悪いの？　母上に無理やり連れていかれたから、疲れた？」

気分も悪いし、疲れてもいる。しかし公爵夫人のせいではない。公爵夫人の行動は正しい。ジャニスを子爵夫人として、さらに次期公爵夫人とするには、他の貴族との付き合いは必要だ。それを教えてくれるのだから感謝しなければならない。

だがマリスはそう思わないようだ。

「そんなに疲れるなら、もうサロンなんて行く必要はないよ。ジャニスは僕の傍にずっといてくれるだけでいいんだから」

涙に濡れたシーツの染みがさらに広がる。

マリスはやはりジャニスを囲いたいだけなのだ。そう思うと目頭が熱くなる。自分でも理由の解らない感情だけが溢れ、堪らなくなって身を縮めた。

「ジャニス……？」

マリスは怪訝そうに再度問いかけると、ジャニスの身体に手を伸ばし顔を覗き込んだ。次の瞬間強い力で身体を引かれ、上向きにされる。

「――何があったの？」

「……ッ」

泣き声を抑えたために、息を呑むような返事しかできなかった。

マリスの表情は落ち着いているように見えて、きっと内心正反対の感情が渦巻いているに違いない。ジャニスはこの顔を知っている。怒っているのだ。ジャニスの涙を一粒も見逃さないように見つめて、細いジャニスの肩を寝台に押し付ける。その手は昨日の朝のようにジャニスに痕を残すことを厭わない強さだった。

「誰に、何を、言われたの？　何を、されたの？」

一言ひとこと、区切るようにはっきりと問われるが、肩に食い込む力が痛くてジャニスは声が出ない。

「ジャニス、遠慮することはないよ。どこのどんな女だろうと、ジャニスを泣かせる者は僕が許さないから」

生まれたことを後悔するくらいにお仕置きしてあげると不敵な笑みを浮かべる。

その怒りが自分に向いているのではないと知りつつも、ジャニスは安心できなかった。

この若い夫は、何を考えてそんな恐ろしいことを言うのだろう。そもそも、ジャニスが泣いているのはサロンに居た誰かのせいではない。確かに女性だけが集まる場所は、手放しで居心地が良いとは言えないが、それが社交というものだ。上手く付き合っていかなければ、貴族社会では生きていけないだろう。

そんなことをまったく考えていない夫に、ジャニスは昼間の怒りを思い出した。

「――貴方の、せぃよ」

涙を呑みこむように息を呑んでから、ジャニスは圧しかかる夫を睨みつけた。

マリスは一度瞬いて意味を測りかねるように首を傾げた。

「僕の？」

「貴方が……っ何を考えているのか、解らないから」

「僕はジャニスのことしか考えていないよ」

即答されて、ジャニスの頬が一瞬のうちに怒りで熱くなる。

「私のことなんて、考えていないじゃない！　王城の舞踏会だって、私は知らなかったわ！　貴方が誰と行こうと貴方の勝手だけれど、でもそういうことを知らないことが、私にとって不利に」

「ジャニス以外の誰と行くの？」

ジャニスの勢いづいた言葉を遮って、きょとんと首を傾げて尋ねるマリスは年相応に見える。それ以外の答えを本当に持ち合わせていないようで、ジャニスは口を開いたまま固まってしまった。

ジャニスと行くつもりだったのか。しかし、それならそれでどうしてジャニスが知らないのか、その疑問がまだ残る。

しかしマリスはにっこりと、いつもの笑顔で答えた。

「ドレスは用意しているよ。ちゃんと準備はしてある。ジャニスは僕の隣で、笑っていればいいんだよ」

「どうしてそんなこといきなり言うの!?　また当日に、私に言って済ますつもりだったの!?」

陛下に拝謁することになったときと同じように、マリスの家族と引き合わせられたときと同じように。マリスの中ではジャニスのすることは決まっているのに、本人が知らないままでいる。それが、ジャニスには許せなかった。

「どうして私のことなのに、私に教えてくれないの!?　いつもいつもいきなりで、振り回されている私を見て笑っているの!?」

それはさぞ楽しいことだろう。十歳も年上の女が、若い夫に振り回されているのは見ていて滑稽《こっけい》だ。年上なのだから、もっと冷静になってそんなからかいすら笑って受け流してやらなければ——そう思うのに、ジャニスは無様にも目じりに涙を浮かべて睨むことしかできない。

これでは、どちらが子供なのか解らない。

ジャニスは真剣に怒りを向けているのに、マリスは少し驚いたように目を大きくした後で、にっこりと微笑んだ。いったい何がそんなに嬉しいのか解らないくらい、幸せそうに笑ったのだ。

「どうして笑う――」

「もしかして、僕が他の誰かと行くと思ったの？　ジャニス以外の誰かと？　だからジャニスに黙っていたと？」

その通りだ。

しかし、キラキラと輝く笑顔を向けられては素直に頷けない。返事を考えていると、目の前の男は肩を摑んでいた手を放してジャニスを抱きしめ、蕩けそうな喜びを身体で表した。

「ジャニス！　ああもう、なんて可愛いんだ！　やきもちなんて嬉しくて僕は発狂してしまいそうだよ」

「ち、ちが、私は、そんなこと」

慌てて否定しようとしても、もうマリスは受け入れるつもりはないようだ。

いつものように、ジャニスの言葉など聞いているようで聞いていない。自分の良いように解釈してしまっている。

「妬いてくれるなんて、本当にジャニスは可愛い――ああ、その顔を見ているだけでイきそうだ」

ジャニスに圧しかかる身体は、申告通りに熱くなっているようだ。

押し付けられる硬いものにジャニスは今の状況を理解して、焦ってマリスの身体を押しのけようとする。

「や、妬いてなんて、私はそんなこと言ってないでしょう!? 勝手なこと言わな……ッ」

その先は、マリスの口の中へ消えた。

愛撫のような口付けは、すぐにジャニスを翻弄する。

「ん……っんっ」

音を立てて舌を絡める口付けは、いやらしいという言葉そのもので、マリスがどれだけ興奮しているのか解る。解ってしまうようになったことが、ジャニスは恥ずかしい。

ぞんぶんに唇を貪ってから、マリスはにっこりと笑った。

「……ジャニス、こんな恰好で僕を待っていてくれたの？　やっぱりサロンに僕がいなくて寂しかった？」

「ちが――っ」

決して誰かに見せたかったわけではない。ましてや夫を誘いたかったわけでもない。しかしマリスはジャニスの言葉を遮るように、薄いシュミーズの生地の上から胸の頂を口に含んだ。

「あ……っ」

「大丈夫だよ、ジャニス……僕はずっと、君の傍にいるから。離すなんて、考えただけでも狂いそうだ……」

「や、あっあ……っ」

布地越しに熱い吐息を吹きかけながら、マリスはジャニスの身体に手を這わせる。そして思うままに口付けて、ジャニスから理性を奪う。

また流されてしまう。

ちゃんと話をして、今度こそマリスが何を考えているのか問い詰めるつもりだったというのに、強制的なマリスの愛撫にジャニスは惑わされていくのだ。

ジャニスはいつの間にか、淫らでふしだらな女になってしまったのだろうか。こんなにも簡単に愛撫に踊らされて、抗う力さえ失ってしまっている。そうだとしたら——ジャニスはその先を考えようとして、思考を乱された。マリスの指がドロワーズの中に潜り込んで足の間を探り始めたのだ。茂みの中の熱い狭間を、少し性急に荒い指が弄る。

「う、ん……っや、ぁんっ」

「ジャニス……ああ、柔らかい……もう挿れたい。我慢できない」

くちくちと濡れた音を立てて指が広がる。ジャニスは横に向いて強い愛撫から逃れようと丸くなるが、すべてを抱き込もうとするマリスの手から逃れるすべはない。

ドロワーズがするりと腰から下ろされて、膝の上で留まらせたまま、マリスがトラウザーズの前を寛《くつろ》げる。横向きの不自然な体勢で、既に首をもたげた性器をジャニスの中へ擦り付けてくる。

「や、あっあっあぁぁぁんっ」

「ん――……っは」

シーツにしがみ付いて逃げようとするが、押さえつけられた腰が逃げられるはずもなく、ジャニスの秘部は簡単にマリスを飲みこんだ。

気持ちいい、とマリスがジャニスの耳元で息を吐き出す。

「ジャニス……すごい、気持ちいい」

「やぁっあっあぁんっ」

一度腰を引き、そして同じ速度でもう一度熱い塊を押し入れるマリスに、ジャニスは喘ぐことしかできない。マリスの言うような気持ちいいという感覚よりも、どうにかなってしまいそうでおかしくなる。

おかしくなる自分をどうにかしなければと自制しようとするのに、身体が震えて声が止まらない。

「ひ、あっやっそこ、だ、め……っいやぁっ」

「ああ……ここ？　気持ちいいの？」

「ちがっあ、あっあっい――っ」

いつもと違う角度で責められる場所は、ジャニスをさらに不安にさせた。駄目だと言う言葉はマリスに届くことはなく、硬くなった先端で執拗にぐりぐりと責められ、呆気ないほど簡単にジャニスは達した。

びくびくと震える身体は、絶頂の中からなかなか戻らない。こうなった身体はもうジャニスにはどうしようもないのだ。情けなくも、年下の夫に振り回されるだけになる。

それでも、その先を思うと止めてほしいと願うのは当然のことだった。ジャニスはもう止めて、と肩越しに振り返り言葉を口にしようとして、その夫の顔を見て後悔した。

「ジャニス……」

ジャニスに挿入したまま見下ろすマリスは、笑ってはいなかった。しかし怒ってもいない。ただ、全身で欲情しているのが解るほど、興奮していた。

熱い吐息を吐いて、乾いた唇を舐める仕草は獣そのものだ。いつも眩しいほど輝いている貴族の青年は、そこにはいなかった。目の前に獲物を見つけた獣がジャニスを摑んでいた。

「や……」

「駄目。逃がさない」

ジャニスが見せた怯えを、マリスは一蹴した。そして激しくジャニスを攻めた。ジャニスの喘ぐ声が掠れて力なく寝台に沈んでも、マリスはまだ足りないというように、腰を揺らす。

何度目かの絶頂の後、ジャニスは薄れゆく意識の中で、ようやくマリスから逃げられることにほっとして目を閉じた。

五章

　社交界というところはどす黒い感情を隠し、建前と笑顔が交錯する世界であり、居心地の良い場所ではないとジャニスは知っている。

　側室に上がる前は、身分の低さや、金銭的な事情により、華やかな場所に出入りする機会はまったくと言っていいほどなかったが、側室になって他の令嬢と向き合うことで、ジャニスは人づきあいが苦手だと確信した。

　マリスもそれを知っているのか、サロンへ行く必要はないと何度も言うが、マリスがジャニスを正妻として扱い、舞踏会へも連れていくと決めている以上、避けては通れないものなのだ。

「どうしても行くの？」

「行くわよ」

マリスの母である公爵夫人が、これだけは出ておいた方がいいという集まりが、サントワール伯爵夫人のお茶会なのだった。

サントワール伯爵夫人は、身分こそ伯爵夫人だが貴族社会で顔が広く、彼女に知ってもらえているのと知られていないのとでは、社交界での立場が変わってくるらしい。またサントワール伯爵夫人は非常に面倒見が良く、彼女に認められればどんな令嬢も良縁に恵まれるとも言われている。だから彼女の周りには、常に夫人や令嬢が集まっていた。

王城まで一緒に行くと強引に馬車に乗り込んできたマリスは、道中ずっと子供のようにぐずっている。見かけは麗しい青年なのに、中身は子供のままで、することは子供ではない。本当にやっかいな夫だとジャニスは溜め息を吐きたくなる。

「どうしてそんなのに行きたいのかなぁ。面白くもないし、楽しくもないだろう？」

マリスにとって、社交界とは積極的に足を運びたい場所ではないようだ。ジャニスもそれは同意するところだが、それではこの世界で上手く生きていけない。後宮の隅でひっそりしていれば良かった頃とは違うのだ。

どうしてそれをマリスが解らないのかが解らない。

「行きたいわけではないの。行かなければならないの……ってちょっと、止めて、触らないで！」

「ジャニスの手がすべすべで気持ちいいから……ああ、そんなところに行かなければもっとずっとたくさん触れていられるのに」

　マリスの指はいつだって官能的だ。

　ジャニスの身体を熱くする触れ方で、開いたうなじに唇を寄せる。触れるだけと言いながら、それで終わらないのがマリスだ。ジャニスは馬車の中であらん限りの力で夫を押しのけながら、馬車がちょうど王城の正門に着いたことにほっとした。

「ジャニス、誰かに虐められたら僕に教えてね？　すぐに助けてあげるから」

　にっこりと笑う夫の「助ける」という意味が具体的にどういうことを指すのかジャニスは薄々感じて、絶対に言うものかと誓った。何やら不穏なものを漂わせる夫に、ジャニスは自分の想像が間違っていないと確信する。

「貴方がそもそも、手紙を止めたりしなければ、虐められることなんてないのよ」

　それがジャニスにとって、精いっぱいの抵抗だった。


　サロンは賑わっていた。

　以前参加したものよりも集まった人々の熱気が違った。誰もが晴れやかな笑顔で、少し興奮気味にも見える。いくつか用意されているお茶や軽食のテーブルは、活けられた花の色と統一された茶器で揃えられて、調えた者の趣味の良さを窺わせていた。給仕の数も多くないのに、全体に不備などなく、誰もが心地良い空間を作り上げている。さすがに社交界にその人ありと名を知らしめている夫人のお茶会である。

ジャニスは公爵夫人から紹介された方や、声をかけてくる令嬢たちとなんとか会話をもたせながらその場に留まっていた。

正直なところ、落ち着かない。

サロンに入ったときにすでに来ていた公爵夫人と挨拶はしたが、その後彼女はサントワール伯爵夫人のいるテーブルにずっとついている。そこに交ざる度胸は今のジャニスにはなかった。

サントワール伯爵夫人は、姑が言う通り、人当たりの良い淑女だった。挨拶をしたジャニスに、にこやかに微笑みかけてくれる。これが表面上だけだとしたら怖いものだが、ジャニスにそれを見抜く力はない。

とりあえず失礼のない程度には挨拶ができたことにほっとして、ジャニスは入口近くの壁際でいつでも帰れるように控えていた。

「ジャニス様？」

振り向くと、そこには涼やかな薄い水色の瞳に金色の髪が美しい少女が首を傾げていた。ササラだ。

薄紅色のドレスのドレープはたっぷりとした生地で広がり、それより少し薄い色の糸で編まれたレースの袖で細い腕を隠している。次期王妃とあって、細部まで凝られたドレスだ。またそれが似合う顔立ちだから、ササラが一層輝いて見える。ジャニスはしばしその姿に見惚れていたが、先日の非礼を思い出し顔が青ざめる。

「ササラ様……あの、先日は申し訳ありません。失礼をしてしまって、私……」

どう言ったら、どう謝れば、あのときのことが許されるのか。

慌てるジャニスに、しかしササラは少女らしい笑みを浮かべている。

「ジャニス様、失礼なことなど何もありませんでしたわ。楽しいひと時でした」

「え……」

「ジャニス様さえ良ければ、またご一緒したいと思っています」

「……はい、私で良ければ、喜んで」

ササラの微笑みに裏はないように見える。

まだ幼さを残す少女のようでいて、その目はまっすぐで強い。陛下はササラのそんなところに惹かれたのだろうかと思いながら、ジャニスも表情を緩めた。

「ところでジャニス様、サントワール伯爵夫人にはもうご挨拶はお済みに？」

「はい。先ほど」

「そうなの……ああ、本当はもっとゆっくりお話ししたいのに。私、今日は時間がないんです」

挨拶を済ませたらすぐに引き上げなければならないササラに、ジャニスは苦笑した。次期王妃が忙しいことくらい、ジャニスにも解る。

「また落ち着かれたときに、お呼びください」

「ええ、是非。……そういえば、今度の舞踏会のドレス、ジャニス様はお決まりに？」

「あ……それは」

思い出して、ジャニスは口ごもる。

以前にも聞かれたことがあるが、ジャニスにはどう答えてよいか解らない質問だ。

なぜなら、ジャニスのドレスはジャニスが決めているのではない。今日のドレスも、朝起きたときにすでに決められていて、それを着せられただけなのだ。舞踏会のドレスにしても、きっと同じになるに違いない。

「私のドレスは、あの人が……」

口にして、それが恥ずかしいことだと気づいたジャニスは顔を赤らめる。ササラはその言葉でジャニスの気持ちに気づいたのか、にっこりと笑った。

「ウィングラード子爵はとっても趣味がよろしいのね。先日のドレスも、今日のドレスもとってもお似合いですもの」

「…………」

慰められているようで、ジャニスは居た堪れなくなる。

次は自分で決めたいと言ってみよう。しかし聞いてもらうにはどうしたら、と困惑もするのだ。

「あと、私ダンスもあまり上手くなくて……もっと練習しなくてはと思っていますの。陛下に恥をかかせてしまうから」

「ダンス……」

「はい。ジャニス様は、きっとお上手なんでしょうね。ウィングラード子爵と踊られるのを楽しみにしてます」

にこにことしたササラに、ジャニスの表情が固まった。

どうして忘れていたのか。舞踏会と言うからには、ダンスが必須だ。そしてバドリク公爵子息であり、ウィングラード子爵でもあるマリスが踊らないはずはない。

ジャニスの表情が変わったことに気づいたササラが首を傾げ、気遣ってくれるが、丁度侍女が呼びに来たことにホっとする。サロンを後にするササラを見送ると、そのまま慌てて、公爵夫人とサントワール伯爵夫人に挨拶をして、サロンを出た。

どうして思い至らなかったのか。自分に呆れた。

ジャニスはダンスに不安があった。そもそも、踊る練習をしたのは十年も前の話で、その後の十年間は一度も踊っていないのだ。マリスと舞踏会に行く以上、ジャニスが踊れないでは話にならない。

ジャニスは王城の中を少し早足で歩き、外へと向かった。

早く帰宅して、ダンスの練習をしなければ。時間はそんなに残されていない。早ければ早いほどいい。そう思って足を速めるのだが、角を曲がるたびに少しずつ見覚えのない場所に出ている気がする。

そういえば、王城に来たときはいつも誰かに案内されていた。冷静に帰り道を思い出そうとするが、今いる場所がいつもの帰り道とはまったく違うことしか解らない。

石造りの回廊で、自分の帰る方向を探してきょろきょろと見渡していると、すれ違う人が不審げに視線を向けて来た。

迷ったと誰かに告げて、門まで連れて行ってもらいたいが、マリスの身分を考えると、その妻が王城で迷ったと噂されるのは良くない気がする。せめて顔の知った人でもいないかと、縋るような目であたりを見回すが、ひと気はどんどんなくなり次の角を曲がった先には誰の姿もなくなっていた。

明らかにこの道ではない、と引き返そうとして、聞こえてきたかすかな声に思わず耳をそばだてたのは、自分のいる場所がどこなのか知りたかったからだ。

「――けしからん、まったく。子爵風情の娘が」

「まったくですな。ですが大丈夫です。計画は順調です。もうすぐ、あの娘の姿は王城から消えていなくなるでしょう」

「あんな娘が王妃になど、陛下はいったいご自分の婚姻をなんと考えておられるのか！」

憤りを露わにした男の声が、ジャニスの耳に響いた。

子爵の娘？　王妃？　もうすぐ？

会話の内容を理解する前に、近くの扉が突然開き、勢いよく人が出て来た。ひとりは栗色の髪を後ろでまとめた男。もうひとりはブルーグレーの髪と口髭を蓄えた男だった。ブルーグレーの髪の男の方は、ジャニスにも見覚えがある。以前同じように迷ったときに声をかけてきた相手である。

鉢合わせて、三者三様に驚く。

時間が止まったように、そこに静寂が落ちた。話の口火を切ったのは、口髭の男だった。ジャニスを鋭く睨みつけ、捕まえようと手を伸ばしてくる。

「ここで何をしている。今、我々の会話を――」

険を孕んだその声に、ジャニスの背後からもうひとつ新しい声が重なった。

「子爵夫人、こちらでしたか」

振り返ると、穏やかな笑みをたたえた老紳士がこちらに向かってくるところだった。

サヴェルである。

元とはいえ、騎士が現れたことでためらわれたのか、ジャニスに手を伸ばしていた男は動きを止め、狼狽した様子のもうひとりの男と視線をかわす。そして忌々しそうに顔を歪め、伸ばした手を握り込みサヴェルを睨んだ。

「門までお送りしましょう」

サヴェルは憮然とする男たちをその場に残し、ジャニスを促す。

廊下の角を曲がり、男たちから姿が隠れたところで、ジャニスは口を開いた。

「……あの」

「マリスが心配していましてね。まるで子供が癇癪を起こしたように騒がしい」

いや、まだ子供でしたねと笑うサヴェルに、ジャニスは目を丸くした。サヴェルは一瞬で緊迫していた空気を穏やかなものに変えてしまった。

「仕方がないので探すのを手伝ってあげていたんです。見つかって良かった。慣れないと王城は迷路のようでしょう」

その通りなので、ジャニスは素直に頷く。

「はい……皆様は、どうして迷わないのでしょう？」

「すべての場所を知っている者は少ないんですよ。皆、自分が通る場所だけを覚えているんです」

案内をする従僕たちも然りで、だから誰もいない場所ができてしまう。

「慣れるまでは、誰かと一緒にいた方がいいでしょう。それこそマリスでも、案内人として使うには充分です」

ゆっくりと頷き教えてくれるサヴェルに、ジャニスは目を細めた。マリスを子供だと言い切り、ただの案内人にしてしまえるのはサヴェルだけかもしれない。それが頼もしかった。

そのとき、ジャニスの名を呼ぶ声が微かに聞こえた。

「ジャニス！」

見ると、マリスがジャニスのもとへ駆け寄ってくるところだった。マリスは焦ったように、ジャニスの頭からつま先までに目を光らせ、全身に乱れがないことを確かめると、その細い身体を突然抱きしめた。

「どこにいたの？　王城探索なら僕が一緒に行ってあげるのに」

「ちょ、ちょっと離して！　もう！　サヴェルさま、ありがとうございました」

人前で抱擁されたことに慌ててジャニスはマリスを引き剥がし、ここまで付き合ってくれた老紳士に向き直る。マリスはそのとき初めて隣にいたサヴェルに気づいたように、ジャニスに向けたものとは違う笑みを浮かべた。

「団長、ジャニスを見つけてくださったんですか？　ありがとうございます。でも、少し近づきすぎでは？」

「会話をするのに普通の距離だったと思うが」

「そうでしょうか？　まぁ、そういうことにしておきましょう」

「……相変わらずだな、お前は。まぁいい。とりあえず送り届けたからな」

「はい。ありがとうございます」

表面上はにこやかな笑みを浮かべるマリスに、サヴェルは呆れた顔だ。

団長？

二人の会話にサヴェルの別称を聞いてジャニスは目を瞬かせた。そんなジャニスにマリスは問いかける。

「そうそう、ジャニス、さっき団長の名前を呼んでいたけど、いつの間に知り合ったの？　団長、いつジャニスに手を出したんですか？」

「挨拶をするくらいおかしなことではない。お前は少しジャニス殿を拘束しすぎだと思うがね。まぁ、お前の恥ずかしい悪戯を教えておいたから、後で笑われるといい。では、ジャニス殿、またお会いしましょう」

「あっ、はい、ありがとうございました」

優雅に騎士の礼をされ、ジャニスは慌てて膝を折った。くるりと背を向けて颯爽と歩いていく後ろ姿を見送り、隣のマリスを見ると、珍しく憮然とした表情をしている。

「あの、どうしてサヴェルさまが団長、なの？」

「……もう引退されたけれど、前の騎士団長だよ。つい癖で、そう呼んでしまうんだ」

「……え、ええっ!?」

ジャニスは一瞬遅れてその事実を理解して、顔を赤くし、通路の先に消えた姿を探した。

一介の騎士などと言うから、身分は高くても普通の騎士なのだろうと思っていたジャニスには思いもよらない事実である。

「ど、どうしよう。私、失礼をしてしまったかも……」

「別に団長はジャニスが何をしても気にされる方じゃないよ」

その言い分は、前にも聞いた気がして信用ならない。

しかしマリスはそんなことなど本当にどうでもいいように、ジャニスを見つめる。

「それよりジャニス、サロンは嫌だった？　何かあった？」

ジャニスが虐められたのではという憶測を膨らませていることに、ジャニスは嘆息した。

同時に、何故帰ろうとしていたかを思い出す。

「違うわ……もっと大事なことを思い出したの。とにかく早く帰りたいの」

「ああ……ジャニス、僕もそう思うよ。早く二人になりたい。さあ帰ろう！」

二人になりたいわけじゃない！

そう怒鳴りたかったが、まだここはひと目の多い王城だ。ジャニスはあらん限りの理性を総動員して耐え、王城を後にした。

一刻も早くダンスの訓練をしなければならない。マリスに邪魔をされそうなことだけが心配だったが、舞踏会までにはなんとしてでも子爵夫人として恥ずかしくないようにしておかねば。

ジャニスは逸る気持ちを抱えながら、決意を新たにしたのであった。

＊＊＊＊＊

王城での舞踏会は、サロンの華やかさなど比べものにならないほど盛大なものだった。

招待された貴族たちは宵闇を照らす外灯の明かりで煌びやかさを増している。

ジャニスは自分の姿を見下ろして、隣に並ぶマリスを少し窺う。ジャニスの腰に手を回すのは、いつものように若々しく、麗しい青年だ。

「ジャニス、綺麗だ」

その言葉はもう何度も聞いた。

確かにジャニスのドレスはとても美しく、周囲と比べても見劣りしないものだ。ただ、それが自分に似合っているかどうかがジャニスには不安だった。マリスからは同じ言葉しか返されないからいまいち信用できない。誤魔化されているのではと疑ってしまうのだ。

しかしそんな不満の絡んだ複雑な気持ちも、広間に入り、ひっきりなしに挨拶をされるマリスの隣に立っているとそれどころではなくなった。

思えば、今日初めてマリスと共に社交の場に出て来たのだ。

ほとんどの相手がジャニスを値踏みするような視線を向けていく。ずっと社交界に姿を現さなかった人間が珍しくその場にいるのだから当然とも思うが、ジャニスの頬は既に、笑みを作ったままで固まっていて、ぎこちなくなっているだろう。

「ジャニス、疲れた？」

疲れた。

正直にそう思ったが、気遣うようにマリスに問われると、ちょっとした反発心が込み上げてくる。意地でも乗り切ってやろうと背すじをぴんと伸ばした。

「――別に」

寝台にいつまでも縛りつけられるより体力的にはましだ。

ここで疲れを見せると、マリスはそれを理由にジャニスをますます部屋に閉じ込めるようになるだろう。それだけは嫌だった。

それに、ジャニスが無理をしているのを解っているような様子で、なんだか面白くない。ジャニスはどう言ったらこの若い夫を効果的にやり込められるのか、真剣に考えるべきだと感じた。

そんなことをつらつらと考えていると、広間の前方からざわめきが広がってきた。

陛下がササラを伴い現れたのだ。仲良さそうに寄り添う姿に二人の思いやりが感じられる。とても似合いの二人に見えた。

王の登場に広間は一瞬静まり返ったが、すぐに静かなざわめきを取り戻した。王たちは上座に用意された椅子に向かうと思いきや、そのまま広間の中へ進むと、楽団に合図を送って、演奏を開始させた。そのまま踊るつもりのようだ。

陛下とササラのために、場が広く開けられる。貴族たちは、曲に合わせて踊り出した彼らの姿を見守っていた。ジャニスも、王とササラの姿にくぎ付けになっていた。

ササラと陛下が踊る姿は、とても素敵だ。時折目を合わせて微笑み合う仕草は見ているこちらの笑みを誘う。

陛下は、とても良い人に巡り合えた。ジャニスは心から安堵している自分に気づいた。

側室時代、ただ増えていくばかりの側室たちに、陛下は何を考えているのか少し不安に思っていたことは事実だ。ジャニスは忘れられることに安堵して生活していたが、そう思わない者の方が多いだろう。中にはジャニスのように相手にされない側室もいたはずだ。だから諍いも起こるのだし、後宮は安らぐ場所ではなかった。

その陛下が、ただひとりを選び、後宮を閉めた。そうさせたササラは素晴らしい。そう決めた陛下も英断を下された。王と王妃になるのだから、いわゆる普通の夫婦というわけにはいかないだろうが、幸せになってほしいと、ジャニスは心から願った。

「――ジャニス」

王とササラのダンスを食い入るように見つめていたジャニスの隣から、いつもより低いマリスの声が届いた。

視線を上げると、踊っている陛下たちに顔を向けながら、視線だけをちらりとジャニスに向けてくる。

「そんなに陛下が気になる……？」

どうして陛下のことを考えていると解ったのか。しかし考えていたのは陛下のことだけではないと眉根を寄せる。

「十年、私は陛下の側室だったのよ。気にならない方がおかしいでしょう」

そう言いつつも、側室時代の十年間気にしなかったものが今になって気になるなんて確かにおかしなことだ。ジャニスは内心で笑いながら、マリスを睨みつけるが、当のマリスは珍しくジャニスを見ていなかった。広間の中央、陛下たちに強い視線を向けている。陛下はちょうどダンスを終えて、ササラを伴い上座に向かうところだった。それから、上位の貴族たちを優先にダンスが始まる。マリスもジャニスの腰を抱いて広い場所へ移動した。

片手を取り、腰を抱かれて、ジャニスは練習し直したダンスを踊る。あの日、子爵邸に帰るなり客室のひとつでダンスの練習をしたいと言ったジャニスに、マリスは喜んで付き合ってくれた。練習相手はマリスでなくても良かったし、仕事が忙しいならそっちを優先するようにジャニスも繰り返し言ったのに、マリスはジャニスの相手を他の誰かに譲るつもりはないようだった。マリスのリードは丁寧で、初心者に戻っていたジャニスが自信をとり戻すまで真剣に付き合ってくれた。けれどその後、もう大丈夫だと思って気を抜くと、腰に回った手が違う場所を探り始め床へ倒れ込もうとする。マリスが本気になると、ジャニスは敵わない。結局そんなところでいたしてしまったことは、ジャニスには忘れ去りたい記憶のひとつだ。こんな付属がついてくるのなら、この先マリスから何かを教わるのは止めておこうと思う。

ステップは難しくない。そして、マリスのリードは相変わらず上手だ。陛下よりも上手いのではないかとジャニスは思う。

騎士団にいたくせに、どこで覚えたのだろうと不思議になるくらいだ。

「ジャニス」

ぐっと強く腰を抱き寄せられた。ダンスの距離ではない。

視線を上げると、まっすぐにジャニスを見つめる目とぶつかった。新緑の瞳の中に、ジャニスが見える。そのくらい近く、瞬きも少ない真剣な目だった。口元にも笑みはない。こんな怖いくらいの真面目な顔で見つめられるのは初めてかもしれないと動揺する。

「――君は、僕の妻だよ」

低い声で囁かれて、ジャニスは何を言いだすのかと目を瞬かせ眉根を寄せる。

「そんなこと、解っているわ」

「本当に？」

「だからこうして、踊っているんじゃないの」

「――そうだね……ああ、ここが屋敷の広間ならいいのに。もしそうなら、すぐに足を止めてもっと夫婦らしいことができる」

「――そんなこと、しないわ！」

相変わらず真剣な表情のままだが、言っていることはいつものマリスだ。

ジャニスは羞恥に赤くなっているだろう顔を見られたくなくて俯いた。こんなところでなんてことを言うのだと、優雅に動く足を踏んでやりたい。

けれど引き寄せる腕の力はさらに強まり、このまま抱きすくめられてしまいそうで、マリスを睨みつけようと顔を上げると、彼は何故かもうジャニスを見ていなかった。上座の方に、視線を巡らせているようだ。

何を見ているのだろうと思ったとき、一回目のダンスが終わった。

「ジャニス、何か飲む？」

「――いただくわ」

マリスは、通りがかった給仕のトレイからワイングラスを二つ取り、ひとつをジャニスに渡す。ダンスの後で喉が渇いていたジャニスは、マリスに礼を言いそれを受け取った。

広間の端にある休憩場所に二人で移動しながら良く冷えたワインを口にすると、火照った身体が少し落ち着く。

「ウィングラード子爵」

挨拶の嵐から解放され、ダンスも無事終わったと安堵したジャニスだったが、マリスはまだまだ忙しいようだ。

マリスは声の主を見て、少し考えるように一度目を伏せると、ジャニスに向き直った。

「少し相手をしてくるよ。待ってて」

「解ったわ」

正直なところ、マリスが今どんな仕事をしているのかジャニスは知らないままだ。騎士団に在籍していて、それから王城に勤めているようなのは解る。宰相の嫡子であるから、そちらの仕事もあるだろう。

まだ十七歳の若者なのに、マリスはこの舞踏会で誰よりも堂々として見えた。絶えず声をかけられ、遠巻きにも視線を向けられるマリスは、皆から一目置かれる存在なのだろう。

屋敷の中でジャニスにまとわりつく彼からかけ離れた姿に戸惑う。

自分の夫の本来の姿はどちらなのか。ジャニスは解らないままだ。ただ、ジャニスを残し、人ごみに紛れる彼の背中を見ていると、何故だか急に心細くなった。先ほどまで、まったくそんなことは感じなかったのに。

そう考えて、理由はひとつしかないことに気づき、ジャニスは複雑な気持ちに顔を歪めた。

隣にマリスがいないから寂しいなんてどうかしている。

子供だか大人だか解らない、ジャニスを翻弄するだけ翻弄して怒らせる夫を頼っているなんてそんなことあり得ない。そう思うのに、理性以外の何かが否定している。

なんということだろう。結婚して間もない、出会って間もない相手に、ジャニスは依存しているのだ。

十歳も年上で、いつ飽きられてもおかしくない。ジャニスは、いつでもひとりになれるように毅然としていなければならない。

同時に、子爵夫人として夫に恥をかかせるわけにもいかない。だから今まで面倒で避けてきた社交界にも顔だって出す。気が合わない相手と笑顔で話す。

なるようになる。流されるままに流れて生きていければいい。そう思ってきたジャニスだが、いつの間にこんなふうになったのか。若い夫のためだとは思いたくない。けれど心とは裏腹に、広間に集まるたくさんの人の中に若くまっすぐな背中を探してしまう。

とは言え、そう簡単に見つけられるものでもない。無意識に嘆息したところで、声をかけられた。

「ご機嫌よう、ジャニス様」

挨拶を返す間もなく、ジャニスは数人の令嬢に囲まれ視界を塞がれた。

ジャニスより十歳は年下だろう。つまり、マリスと似合いの年齢の令嬢たちだ。流行りの形に髪を結い上げ、お揃いにしているのか一様に生花を挿している。明るい色のドレスも同色が並んでいると、正直見分けがつきにくい。そして皆視線がきつい。

彼女たちがここに現れた理由が解らないほどジャニスも疎くない。

将来有望で容姿端麗なマリスを、恐らく彼女たちは結婚相手にと狙っていたに違いない。なのにマリスが結婚したのは十歳も年上で、陛下の側室の中でもそれまでまったく注目されていなかったジャニスである。

自分でもどうしてと思うのだから、彼女たちだって不思議に思ってもおかしくはない。ただ、このきつい視線は堪らない。こんなふうに見られるのが嫌で、側室時代の十年間、人との接触を避けてきたのに、どうして側室を辞めてからもこんなことに巻き込まれるのだろうか。

「今日のドレスも素敵ですわね」

「よくお似合いですわ」

笑顔ではあるが、本心からではないと解ってしまう。

どうせなら本音を言ってくれた方が楽なのに。そう思っていたことが伝わったのか、令嬢たちは笑顔で毒を吐き始めた。

「私、ジャニス様とウィングラード子爵が揃っておいでになっているのを、今日はじめてお見かけいたしましたわ」

「私もですわ。お二人並ばれたところは、とても……」

「ねぇ？」

「ジャニス様はとてもお綺麗で落ち着いていらして、羨ましいです」

「私も、ジャニス様のような大人の余裕が欲しいですわ」

笑顔で褒めたたえながら、彼女たちの言いたいことははっきりしていた。

ジャニスが年上すぎて、二人で並ぶと釣り合わない、と言いたいのだろう。

「ジャニス様はどのようにして、ウィングラード子爵の心を動かしましたの？」

「私たちよりも随分年上のジャニス様ですもの。きっといろいろな方法を知っていらっしゃるのですよね」

年の功の手管で誑かしたと言いたいのだろう。しかし手管も何もない。翻弄されるのはいつもジャニスの方で、それまで何も知らなかったジャニスを淫らな身体にしたのはマリスなのだ。それをここで言うつもりはないが、このまま同じようなことを言われ続けるのかと思うと、溜め息も吐きたくなる。

さてどうしたものかと思っていると、令嬢たちの後ろに大きな姿が見えて目を瞠った。驚いたジャニスに、彼女たちも顔を振り向かせて驚く。

そこに現れたのは陛下だった。さっきまで玉座に座っていたのに、いつのまにこんなところにいらっしゃったのだろうか。

「失礼――ウィングラード子爵夫人、一曲お相手願えないだろうか」

差し出された手を、拒むことは許されない。

ジャニスも驚いたが、周囲も驚いた。正妃を決めた陛下が、元側室をダンスに誘っているのだ。ジャニスは震える指先をその手に重ねた。

「陛下……どうして」

広い場所へ移動すれば、踊る人々の中に入って会話を聞かれる心配はない。

ゆったりとした動きに合わせてステップを踏みながら、ジャニスはやっぱり陛下もリードが上手いと思った。

声が震える。間近にいる相手に、動揺するなという方がおかしい。けれど陛下は、はにかんで苦笑いをする。

「いや、ササラが、貴女が困っているようだから助けてやってくれと」

「ササラさまが……？」

ちらりと視線を玉座に向けると、大勢の取り巻きに囲まれたササラが気遣うような視線を向けていた。

こんなにたくさんの人がいるというのに、ササラはジャニスに気づいて逃がしてくれようとしたのだ。ジャニスが戸惑っているだけでなく、辟易《へきえき》していたことにも気づいていたのかもしれない。その心遣いに感激しながらも、陛下を来させなくても、とも思う。

「……何も、陛下自ら」

「いや、他の男ではマリスに何をされるか解らないからな」

どういう意味だと目を上げると、苦笑された。

「マリスの想いは半端なものではない。本当に十年も待っているとは正直俺も予想していなかったのだ」

「陛下……」

驚きながらも、ジャニスは今までずっと聞きたかったことを問う覚悟を決めた。

直接聞く機会など今以外にないだろう。

「陛下、本当に、十年前にあの人……マリスが、私を？　マリスが、私に、手を……」

出さないで、と頼んで陛下はそれを了承したのか。そんなことを、最後まで言えるはずもなかったが、陛下は理解してくれたようだ。

「ああ、事実だ。まだ七歳の子供が、あまりに真剣でな……いったいどこで貴女を見初めたのかは知らないが、今も昔もマリスの目は変わっていないな」

陛下は笑いながらそのときの言葉を教えてくれた。

『ぼくは、これからもっとがんばって、へいかのやくにたつにんげんになります。きっとちちうえよりえらくなります。だから、おおきくなったら、おうさまのこうきゅうにいるおくさんのひとりをぼくにください』

「当時から神童と誉めそやされていたが、面白い子供だと思ったものだ。本気でそう願うなら、そうなってみろと……国にとって、優秀な人材は多い方が助かるからな」

「陛下……本当に……本当に、本気で、そんな、子供の言うことを？」

そのせいで十年間も理由を知らされることなく放置されたのかと、恨みがないわけでもない。放っておかれて気楽に生きられたというのは結果論でしかないのだ。

しかし陛下はあっさりと頷く。

「事実、そうなったからな。マリスは今既に俺の役に立っているし、結果も出している」

夫が普段何をしているのかは不明だが、陛下がそういうのならそうなのだろう。そう思うしかない。

「あの人は本当に……何を考えているんでしょう」

ジャニスは真実をどう受け止めればいいのか解らず、つい愚痴を零してしまった。それを聞いた陛下は苦笑する。

「恐らく、貴女のことだけしか考えていないと思うが。俺は女性のことには疎くて、ササラに対してても気遣ってやれているとは思えないが、マリスは貴女のことをよく解っているようだ」

「陛下とササラさまは、とてもお似合いでしたわ。先ほどご一緒に踊られている姿を見て、失礼ながら、お幸せそうで良かったと思いましたもの」

「……貴女にそう言ってもらえると、嬉しい」

「それに、私が側室のときも陛下はちゃんとお気遣いくださっていましたわ。いつもいつも、季節ごとにドレスや宝飾を贈ってくださったではありませんか」

お見せする機会はなかったけれど、とは付け加えなかったが、ジャニスはこの場でようやくお礼を言えると思った。しかし陛下は何故か首を傾げる。

「――それは俺ではない。俺は後宮にいる誰かに何かを贈ったことはない……争いのもとだからな」

「え……？」

「貴女にドレスを贈っていたのは、マリスだ」

「……えっ」

「後宮にいる女たちは、その実家か後見人が必要なものを揃えることになっている。だから後ろ盾のない貴女は本当に慎ましく暮らさなくてはならなかっただろう。それをマリスが……まぁいろいろと手を回していたな。ちなみに貴女のいた部屋は、後宮で一番静かで眺めの良い部屋だったんだ」

それを選んだのもマリスだとさらりと教えられて、ジャニスはもうリードにもついていけなくなった。

ぴたりと足を止めたジャニスに、陛下も足を止める。

「本当にマリスは、貴女のことを想っているようだ」

そんなことを今言われても困る。教えられても困る。

まさかまさかと思い続けてきたが、陛下にもはっきりと言われて、認めないわけにはいかないようだ。

ジャニスは、本当に、マリスに想われているようなのだ。

十年も前から。

あの胡散臭いと思っていた笑顔は、本当に心からの笑みだったのだろうか。

そう思うと急に落ち着かなくなった。王はジャニスの気持ちを察してくれたのか、ダンスの輪から抜け、解放してくれた。ジャニスは王に礼を言い、人目を避けるように壁際に戻った。自分がどうしたいのか、どうすればいいのか、考えがまとまらないまま、ひとりぐるぐると答えを探していた。

考えても仕方のないことなのだが、思考は止まらない。

七歳の子供が、陛下に強請《ねだ》る内容ではない。それを受ける陛下も陛下だが、貫き通したマリスもマリスだ。

けれど、マリスの本気を知り、それをどこかで喜んでいる自分がいることが怖かった。

とりあえず落ち着こうと大きく息を吸って吐いたところで、後ろからそっと声をかけられる。

「ジャニス様……?」

さっきまで取り巻きに囲まれていたササラが、気遣うようにジャニスを見ていた。ジャニスが落ち着くのを待ってくれていたのかもしれない。

「ササラさま」

慌てて礼を取ると、ササラはすぐに笑顔になった。

「ご機嫌ようジャニス様。今日のお見立てもウィングラード子爵が? とってもお似合いです、そのドレス」

「ササラさまこそ、とてもお似合いです……」

ササラは今日も美しかった。

若い令嬢に流行の形だが、淡い青い色を基調にしたドレスは先日のお茶会のときとはがらりと趣向を変えていて、清楚な雰囲気をかもし出している。それがササラの優しさをさらに引き立てていた。

十六歳の彼女はこれから大人になるにつれ、ますます美しさに磨きがかかることだろう。数年後、陛下の隣で微笑むササラを想像し、自然と笑みが零れた。

「ササラさま、先ほどはありがとうございました」

令嬢たちから助けてくれたことにお礼を言いながら上座を見ると、今度は陛下が貴族たちに囲まれていた。

「交代でふらふらしているの。だってあそこに二人でいても、ちっとも二人になれないから」

それならばお互いに楽しんだ方がいいと決めていたらしい。

秘密を打ち明けるような笑顔に、ジャニスも思わず笑った。二人の心が既に深いところで通じ合っていることに安心したのだ。ジャニスは通りかかった給仕にワインを勧められ、グラスを二つ受け取り、そのひとつをササラに渡す。

「ササラさま、そういえば、ご成婚の日取りなどはもうお決まりに？」

「それは……もうすぐ、の予定なのですが、まだ。でも、一年以内には、と陛下にお約束いただいています」

「それは、おめでとうございます」

もうすぐ。

ジャニスはその言葉で、何かを思い出しかけた。

もうすぐ。何があったかしら。気になった言葉を考えながら、すぐに答えが見つからない。でも気になる。ジャニスが考えながらグラスに口をつけようとしたとき、隣にいたササラが先にグラスを傾け、そして止まった。

「ん……っ!?」

「……ササラさま?」

「う……っごほっ!」

グラスを傾けたまま、愛らしい顔を歪めたササラは、喉を押さえて含んだ液体をそのまま吐き出し、ゆっくりと床に崩れた。

「……ササラさま!?」

まるで時間が止まったように、ジャニスは動けなかった。

悲鳴を上げたのは、ジャニスではない。近くにいた貴族の誰かだ。ササラが持っていたグラスが床に落ち、砕けた音も聞こえたのに、ジャニスには何が起こったのかすぐには理解できなかった。

「ササラ様! ササラ様が!」

「誰か、侍医を!」

「お部屋へ早く!」

周囲が慌ただしく動いて、まるで自分だけが取り残されたようにも見える。

床に力なく倒れたササラの唇から、赤いものが見えて、ジャニスの背筋が凍る。

「――ササラさま!」

ようやく身体が動いて、慌ててササラに近づこうとすると、急に後ろから腕を引かれた。

「近づくな！　ササラ様に何を飲ませた!?」

「何を――？」

振り返ると、屈強な体つきの紳士がジャニスの腕を掴み睨んでいた。

自分の持っていたグラスがいつの間にか床に落ちていたことに、今更気づく。零れた赤い染みがササラの青いドレスを紫へと変えていくのを見つめながら、自分が周囲から視線を集めていることを悟る。

気遣われているのは次期王妃であるササラ。

そしてジャニスに向けられる視線は、はっきりとした疑いの目。

血を吐き倒れたササラに、何かを飲ませた犯人はジャニスと思われているようだった。


宮廷侍医や王がササラのもとにやってくるよりも早く、ジャニスはすぐさま強制的に広間から離れた個室へと移動させられた。

移動中、周囲を騎士にかためられたが、それはジャニスを守るためではないのだろう。ジャニスを逃がさないための布陣に見えた。

押し込められた部屋は舞踏会に来た貴族が寛ぐための一室のようだが、ジャニスはそこでひとりきりにされた。扉の外には騎士が控えているようで、誰も通さないよう言われているのか物音もしない。大きな硝子戸が庭に面していたが、庭の外灯は点在しているだけだったので景色が見渡せるわけでもなかった。

寝台もソファもあったが、ジャニスは落ち着けるはずもなく硝子戸の傍で立ち尽くしていた。

いったい何が起こったのか、どうなったのか、ジャニスには何も解らなかった。いや、ササラが血を吐いて倒れたのは解った。解らないのは、それをしたのがジャニスだと思われているところだ。

ジャニスは口にしなかったグラス。あれにも同じものが入っていたのだろうかと思うとぞっとするが、それを実際に口にしてしまったササラのことが心配だった。

ついさっきまで、笑い合っていたはずだ。あんなに優しい子がどうして。

最悪の想像に行きついて、ジャニスの身体ががたがたと震え出す。自分を抱きしめるように腕を回すが、震えは治まってくれなかった。

部屋には誰もいない。静かすぎる空間にジャニスの吐き出す息の音だけが妙に大きく聞こえた。

「――傍にいるって、言ったくせに」

ジャニスは硝子戸に映った自分の顔が歪んでいるのに気づいて、さらに眉を寄せた。目に透明な膜が張っている。瞬くとそれが零れてしまいそうで、ジャニスは強く唇を噛んだ。

どうしても治まってくれないこの感情は恐怖だ。それを素直に受け入れることがさらに怖くて、ジャニスはここにはいない夫を詰る。

うそつき。

怒っても仕方がないと理性が言っているが、今のジャニスのほとんどは理性で動いていない。

「どうして、ここに、いないのっ」

いつもいつも、しつこいくらいに腕を伸ばしてくるマリスは今日に限って現れない。要らないときには鬱陶しいくらい傍に居るくせに、欲しいときにその腕はない。

いてもいなくてもジャニスを怒らせるひどい夫のことを考え、自分が映る硝子戸を睨んだ。

六章

どのくらいそうしていたのか、外の物音もまったく聞こえない状態でジャニスは立ち尽くしたままだった。

新しい情報は何も解らないから、ひとりで同じことをぐるぐると考えることしかできず、時間の経過が解らない。

同じことを考えるうちに、状況を自分なりになぞってみる。

ササラと話していて、そばを通った給仕から受け取ったグラスをそのまま渡した。

あのお盆に載っていたすべてに毒が入っていたというのなら、給仕が怪しい。それはササラを狙ったものなのか、ジャニスを狙ったものなのか、それとも無作為なのか。

けれど、ジャニスはその給仕の顔を思い出せない。

今まで気にしたこともないから、よく見なかったのである。背はジャニスより少し高かった。太ってもいなかった。お仕着せの給仕服で、正直誰も同じに見えて、ジャニスは自分の記憶力が情けなくなる。尋問されても、満足な答えを持っていないことにジャニスは打ちのめされた。

せめてササラの容体は教えてほしい。彼女は無事なのだろうか。

深く息を吐いて気持ちを落ち着けようとすると、突然部屋の扉が開いた。

袋小路になったジャニスの思考に、ようやく誰かが答えを与えてくれるのだと少しほっとする。部屋に現れるのは、陛下か宰相、もしくはマリスだろうと思っていた。ジャニスが犯人だと疑われているとしても、マリスには話が行くだろう。

しかし、入って来た相手はまったく別の男だった。以前に王城で迷っていたジャニスに声をかけてきたあの貴族である。

「……あの？」

「口を開く許しは与えていない」

誰だろうかと聞く前に、口髭を生やしたブルーグレーの髪の男は、卑しいものを見るように目を細めた。

その視線に、彼がひと気のない王城の一室で話していた内容を思い出す。

まさか。

そんなはずはないと否定する。計画は順調だとか、子爵風情の娘だとか、もうすぐ王城からいなくなるだとか。

ササラを暗殺する企みだったなんて、そんなことは信じたくなかった。

「まったく手間取ったものだが、まぁ順調に進んだのだ、良しとしよう。後はお前がこれを飲めばすべて終わる」

男が控えていた従僕に合図をすると、従僕は小瓶を取り出した。透明な瓶の中には赤い液体が入っている。男はソファに座り、目の前のテーブルに小瓶を置いた。ジャニスはその意図が解らず、口髭の男と小瓶を交互に見て眉根を寄せる。

「私からの餞別《せんべつ》だとでも思えばいい。ササラ様を殺した犯人は、その罪深さにここで自害するのだ」

「……え？」

ササラを殺した。

ササラが死んだ？

瞬きを忘れて呆然と目を見開くジャニスに、男は鷹揚《おうよう》に頷いた。

「あの毒は一口飲めば充分だ。今ごろは侍医が、陛下に頭を下げている頃だろう」

「まさか——まさか！　どうして!?　どうしてササラさまを!?」

「どうしても何もないだろう。あんな娘に王妃になってもらっては陛下の威厳に関わる。その程度のことも解らないのか？　まぁお前も男爵の娘だったな。考えが浅いのも無理はない」

一度自分の中で否定したことが事実だと教えられ、目の前が暗くなる。

ササラはこの男に、殺されたのだ。

近い将来、陛下と共にこの国を導いてくれるだろう大切な人だったのに。

恐怖と悲しみの震えが、怒りに変わった。

「貴方に……っ貴方に、そんなこと、言う権利はないわ！　ササラさまは素晴らしい方よ、なのに一方的な歪んだ考えで」

「黙れ！　私に意見するつもりか！　お前は黙ってこれを飲めばいいんだ。さあ、ここへ座って飲むんだ」

ジャニスは首を振った。

その小瓶の中身が何であるのか、問わなくても解る。ジャニスはこの男にササラを殺した罪をなすりつけられて、自害と見せかけて殺されようとしているのだ。

「そんなことをして、外に騎士が……」

「外にいる騎士たちは私の息がかかったものだ。この部屋に近づくものは誰もいない。お前の夫である子爵も知らないだろう」

「――っ」

ジャニスがここにひとりで、誰も現れないのはそのせいだった。

思い返すと、広間でジャニスをササラから引き離し、騎士に連れ去るように言ったのはこの男だった気がする。動揺してよく見ていなかったが、低い怒鳴り声が一緒だ。何もかも、この男の計画のうちだったのだろう。

この男の計画通りに進んでいるのなら、ジャニスはこのままここで終わることになるのかもしれない。

いったいどうしてこうなったのか——そもそもが、マリスが悪い。

側室だったジャニスを陛下に頼んで孤立させて、十年もひとりにさせておいて、結婚したかと思うと籠の鳥のように閉じ込めて。ジャニスが誰かと接触することを嫌い、子供のようにわがままを見せて独り占めしようとして、本当に何を考えているのか解らない夫だ。傍にいると言ったのだから、本当にちゃんと傍にいてくれたら、ジャニスはここで終わることなどなかっただろう。

側室を辞めるときに放っておいてくれたなら、そのまま気楽に生きられたのに。誰かを恨むことも、ひどいと詰ることも、不安になるくらい辛いと思うこともなかったのに。

マリスを悪し様に思いながら、ジャニスは自分も甘いと思った。

この状況は、ある意味自分のせいでもある。流されるままに生きてきた今までのつけが回ってきたのだと受け入れるべきかもしれない。が、理不尽だとも思う。相反する感情に揺れるのは、ジャニスが弱いからである。マリスといると、いつも怒っていられた。怒らせるマリスが嫌だったのに、怒りを失くしたジャニスはひどく弱いことに気づいた。ひとりにされて改めて思い知る。

こんなときになって、十歳も年下の夫をとても頼りにしていたと気づきジャニスは嘆息した。今更気づくのなら、いっそ気づかない方がましだった。

もう会うことも、迷惑をかけたと謝ることもできないのかとジャニスが目を伏せ考えていると、男はジャニスの沈黙の意味などどうでもよいというふうに、言葉を続けた。

「そもそも、子爵も余計なことをしてくれる」

余裕を見せているのか、男はジャニスを捕まえることなく、ソファに深く腰掛けたままだ。自分が立って動くことを考えていないのかもしれない。男は脚を組み、忌々しいと舌打ちし、何かを睨んだ。

「手駒にする予定だった側室を娶ったり、王都から離したりするから、計画が延びてしまったのだ」

「……手駒にする予定だった？」

いったいどういうことだろうか。つい問いかける。男は憎いその相手がジャニスであるように睨みつけてきた。

「お前や他の側室たちのことだ。まあこうして目的を果たせたから良かったが、結婚して囲い続け社交界にも出さないようにするなど、つまらない妨害をする」

「……どういう、意味です」

頭のどこかで、知りたくないと思いながらも、掠れた声で尋ねていた。

男は、そんなジャニスを見て呆れたように笑う。

「知らなかったのか。陛下は、側室たちがササラ様を逆恨みして害すのではと懸念して、その恐れがあるものを結婚させたり地方へやったりしていたのだよ。そうでなければ、お前のようなものがウィングラード子爵と結婚などできるものか」

今何を言われたのだろう。瞬きも忘れ、目の前の男を凝視してしまう。

急にざわりと心臓が騒ぎ出した。

呼吸が難しい。

自分が激しく動揺しているのが解ったが、どうして動揺しているのか上手くまとまらず混乱する。

逆恨み？　ササラ様を恨んで害す？　私が？

ジャニスは十年放っておかれた側室である。今更、誰が選ばれようとジャニスが羨むはずもない。そんなこと、後宮にいた誰もが知っていることだ。ジャニスは陛下から見捨てられたと軽視され、諍いにすら巻き込まれない者として扱われていたのだから。

それなのに。それだから？

十年も、恨んでいると思われたのだろうか。そしてササラを守るために、ジャニスは隔離されていたのだろうか。マリスが騎士団から帰館するまでの半年、一歩も屋敷から出されず、監禁されていた状況は、そういうものかと受け入れていたが、本当はそんな理由があったのか。他の誰かと会うのをあんなに嫌がったのも、社交界に出ることを渋ったのもそのためなのだろうか。

しかし、マリスはササラと仲良くするようにと勧めていた。それも何か理由があってのことなのだろうか。そうしてジャニスは、今、ササラを害した犯人とされてしまって、マリスや陛下たちには、やっぱりなどと思われているのだろうか。

マリスの努力の甲斐なく、ジャニスはササラを害してしまった。

それはなんて――ジャニスの全身を駆け抜けたのは、ひどく重い虚無感だった。

自分のしてきたことがすべて意味のないことだったのだと言われたような、周囲から指を差されて笑われているような、自分だけ深い闇の中に残された気分だった。

十年マリスから想われていたなどと言う陛下の言葉すら、無意味なものに感じた。マリスの計画は、いったいどこから始まっていたのかと疑うくらいだ。

自分の置かれた状況をゆっくりと理解すると、いつの間にか握りしめていた拳が震えているのに気づいた。このままここで終わってしまうのかという恐怖と、まんまと嵌められた怒りにジャニスは震えていた。

いつまでも動かないジャニスに、男は業を煮やしたのか声をかける。

「さあ、早くこれを飲むんだ。私も暇ではない。これからしなければならないことが山のようにあるのだから」

人の死を軽く扱うその発言に、ジャニスは強い反発を覚えた。どうせ殺されるなら、最後まであがいてやる。

「──私は、そんなもの、飲みません」

強く男を睨んではっきりと言った。

「私は、ササラ様を殺してなんかいないし、誰も恨んでいない。恨みたくないから、そっとしておいてほしかったのに、そうしてくれなかったのは貴方たちだわ」

なるようになると、流れるままに生きてきたジャニスに、戸惑いと不安と憤りと、そして微かな期待と悦びを与えたのは周囲の人間だ。

それは目の前の男のことであり、もちろんここにはいない、あの男のことでもある。どこかへ置いてきてしまった自尊心が、いつの間にかジャニスの中に戻っていた。それも彼らのせいである。それを持って、ジャニスは出来る限り抵抗することを決めた。

何でも思い通りになると思うなら、大間違いだ。

ジャニスはもう一度男を睨みつけて、そのままくるりと踵を返した。庭への硝子戸を押し開き、暗い庭へと走り出す。

「──待て！　おい、捕まえろ！」

まさかジャニスが走り出すとは思っていなかったのだろう。虚を衝かれたような一瞬の空白の後、男の怒鳴り声が背中に届く。控えていた騎士がジャニスをすぐに追いかけてくるだろう。けれどすぐに捕まるつもりはない。

出来るだけ遠くに、そして男の計画にない、決して自害したなどと思われないような最期にしてやりたい。

ジャニスを翻弄してきた何もかもに、陛下や、貴族や、敵意を向ける男、そして若い夫に、仕返ししてやるのだ。

不意に、麗しい金髪の彼の姿が脳裏に浮かんで目が潤んだが、必死で感情を押し殺し、長いドレスの裾を翻して全力で駆け抜けた。

＊＊＊＊＊

数人の騎士に囲まれて広間を出て行くジャニスの背中を、マリスは奥歯をぎり、と音がするほど噛みしめながら見ていた。そのまま射抜いてしまいそうな視線である。そこから現実に引き戻したのは、すぐ傍に居た騎士のルークだ。

「マリス、移動するぞ。ジャニス殿の傍にはこちらの騎士をひとり紛れ込ませている」

いつもは陛下の近くに控えている彼が今マリスの傍にいるのは、マリスが単独で行動しないように見張れと陛下から直々に命令を受けているからであった。マリスを守るためではなく、マリスから周りの者を守るためだという。

ササラの暗殺計画をあらかじめ知ってはいたものの、その確たる証拠は見つからないままで、それを探しているうちにこの事態を防ぐことができなかった。自分たちの失態ではあるが、予想の範囲内ではある。しかしそれにジャニスが使われたことがマリスには許せなかった。

「……落ち着け」

騎士たちの控える部屋に入るなり、父親であるバドリク公爵の声を聞いて、マリスは口端を上げる。部屋にはバドリク公爵の他にサヴェルも控えていた。

「落ち着いていますよ。そう見えませんか」

綺麗に笑って見せたつもりが、暗い感情は隠しきれてはいないようだ。

「見えない。獰猛な獣が鍵のかかっていない檻でうろついているようだ」

執務室に入って来た陛下が会話を引き継ぐが、マリスは一瞥しただけで顔を背けた。

「マリス、動くなよ。覚えているだろうな」

「……」

すぐにでも飛び出して行きたい身体を陛下との約束がひきとめる。

「陛下、ササラ様のご容体は」

「すぐに洗浄させたのが良かったようだ。だいぶ落ち着いている。休めば回復するようだ」

「そうですか、宜しゅうございました」

視線を逸らし黙り込むマリスの横では、マリス以外の三人が話を進めている。マリスはそんな彼らに対し、不機嫌さを隠そうともしなかった。

そもそも、今回の計画は行き当たりばったりすぎた。

陛下がササラを正妃にと選んだときから、利権をめぐって貴族たちが何かを起こすのは解りきっていた。誰が何をするのか、誰と誰が組んで騒ぎを起こすのか。ある程度の目星は付けていても、何もしていないうちから断罪することはできない。

それに加えて、少し前に騎士団の団長が代替わりをした。新しい団長を疎んでいる騎士が、同時に騒ぎに加わる気配もあった。

それらを一気に取り締まってしまおうなどと大雑把なことを考えるから、こんな事態になったのだとマリスは目を据わらせる。

ササラを恨み、何かをしそうな側室たちは、陛下の命令で王都から離れた領地を持つ貴族へ嫁がせた。マリスがジャニスと結婚したときも、表向きには同じ理由を付けたが、事実は逆である。

マリスがジャニスを娶るために、他の側室たちも他の貴族へ嫁がせたのだ。

マリスと結婚した以上、ジャニスが社交界に出て注目を集めないはずはないし、何かが起こらないはずもない。それが解っているから、マリスはジャニスを誰にも会わせたくなかったし屋敷から出したくなかった。だというのに、ジャニス自身がマリスの気持ちを汲み取らず自ら出て行こうとする。

どうして誰も思うように動かないんだ。

マリスは今すぐに走り出さないのが不思議なほど、気持ちが逆立っていた。今こうしている時間にも、ジャニスは他の男の傍にいて、何をされているのか解らないというのに。

「陛下、よろしいですか」

これ以上は待てないと、腰を上げようとしたとき、騎士のひとりが執務室へ顔を出す。

「予想通り、南の角部屋です。若い騎士が部屋の前を固めています。中に居るのはセグシュ侯爵とジャニス殿だと」

その部屋はマリスも覚えていた。寛ぐスペースに加え、寝台も備えてある部屋だ。そこでジャニスがセグシュ侯爵と二人きりなどと、想像しただけで感情が煮えたぎる。

やはり、あのときに斬っておくべきだった。王城で迷ったジャニスに絡んでいたセグシュ侯爵を思い出し目を細める。ひとり冷気を漏らしていたマリスに、サヴェルは呆れたように声をかけた。

「そんな顔をしているくらいなら自分で動けばいいだろう」

「動けるものなら動いています」

マリスは鋭い視線で王を睨み、忌々しいと舌打ちをする。

「お前が了承したんだろう？　俺の命令を聞いているうちはジャニスとの結婚を認める、という約束を」

「本当に、半年前の自分を斬り捨てたいですよ」

半年前、結婚誓約書に王の認可をもらいにいったときの約束だ。

あのとき陛下はこう言った。

『俺の役に立っている間はジャニスとの結婚を認めよう。そもそもそういう約束だったし、マリスが役に立たなくなることなんてないだろう？』

『勿論ですよ』

とマリスはそのとき笑顔で答えた。

あのときの約束が今になって枷になる。つまり、王の命令を聞き、役に立っていないと、ジャニスが取り上げられてしまうのだ。

少々浮かれてしまい、簡単に頷いてしまった当時の自分に腹が立つ。

陛下の方が一枚上手だったということだ。

「それに、こやつが動くと片っ端から切り捨て何も残らなくなるので困ります」

父であるバドリク公爵につけくわえられる。まさに、片っ端から切り捨てるつもりでいたからその通りだ。陛下も解っているから、マリスをここへ留めているのだった。

それにしても時間がかかりすぎだ。既に我慢の限界を超えているマリスは、振り切って出て行きたい気持ちを抑えるのが難しくなっていた。まったくいまいましい。陛下も父も、状況を深く考えていない。

陛下の計画は、現行犯だけではなく、加担したものや逆らうものすべてを捕えようというものである。ササラへ毒を盛った本人、その毒を調達したもの、計画を知っていたもの、現状の政に不満のあるもの。一切を逆らえないように証拠を整え、主犯の屋敷も押さえるべく騎士を動かした。

この反乱ともいえる行動を起こし、貴族たちの旗頭になっているのがセグシュ侯爵である。侯爵たちも水面下で動いていたようだが、陛下たちもさらに悟られないように動いていた。しかしその動きが遅いとマリスは思っているのだ。

やはり出て行こう。マリスが椅子から立ち上がろうとしたとき、その扉が忙しなく叩かれ陛下の護衛騎士であり騎士団の筆頭補佐官であるルークが顔を見せた。

「陛下、準備が整いました。ご命令いただければすぐに」

「よし、取り掛かれ」

陛下の号令は早かった。

マリスはその声を聞くなり立ち上がり、駆け出していく。

「マリス！　ひとりで行くな！」

陛下の声が背中に聞こえたが、立ち止まれるはずもない。

こうしている間にも、ジャニスがセグシュ侯爵に触れられているかもしれないと思うと頭が沸騰しそうなのだ。

慌てて追いかけてくるルークや他の騎士たちを引き離し、ジャニスが捕えられている部屋へ着くと、彼らを待たずに扉を開けた。そうして開いた扉の先にある無人の空間に声もなく佇む。

「……マリス」

追いついたルークが状況を把握してマリスを窺う。マリスの視線の先には、開いた扉と闇夜に包まれた庭があった。そしてテーブルの上に残された小瓶。ここで何かが起こり、ジャニスが逃げ出したに違いない。ルークは声をかけたものの、マリスの視線の先に入るのを躊躇った。邪魔する者を切って捨ててしまいそうなマリスを、今度こそ抑えられないと思ったからだ。

ジャニスに傷ひとつでも付いていたら、きっと相手を切り刻んでも怒りは収まらないだろう。マリスは傍に居た騎士から剣を奪い、そのまま庭へ駆け出した。

＊＊＊＊＊

ジャニスは大きく息をして、庭の中の茂みに身を隠した。どこをどう走ったのかは解らない。王城の庭は、とにかく広いのだ。ところどころに灯篭が設置されているが、茂みに入ってしまうとジャニスくらいなら隠れてしまえる。

追手は従僕だけではないようだ。部屋の外に控えていた騎士も何人かいる。

皆、当然のごとく剣を携えていた。それは毒よりも簡単にジャニスを死に至らしめるものだ。それが自分に向けられることは怖くて堪らなかったが、斬られてしまうと自害には見られないかな、と冷静に思う自分もいた。

しかし、逃げ出してからのこの状況では「犯人が逃げたので捕まえて殺した」という理由を作ってしまうことにもなる。そう気がついて、茂みの中を這うように動いてより見つからない場所へと移動する。

呼吸は苦しいが、必死で息を殺すしかない。動きづらいドレスを忌々しく感じて破り捨てたい衝動に駆られる。

だめだわ。冷静にならないと。

一度動きを止めて周囲を確かめると、見覚えのある場所にいることに気づいた。

後宮の庭である。いつの間にかジャニスは王城からさらに奥の後宮の庭まで来ていたのだ。庭が繋がっていると知っていたが、外からここへ来るには警備兵が立っているから簡単には入れないはずだ。

もしかしたら、ササラの暗殺のことで駆り出されているのかもしれない。

ともあれ、追手の声や足音も聞こえてこず、ジャニスは安堵して息を整えた。

「はぁ……どうして、こんなことになったのかしら」

まったく予想外の、おかしな事態である。笑いごとではないのだが、笑うしかない状況でもある。

そこでふと、前にもこの庭で笑ったことがあったような気がしてきた。思い出の中に、子供がいる。

「……あら？」

この茂みには確かに見覚えがある。昔こうして蹲っていたのはジャニスではないが、そこにいる子供を見つけたのはジャニスだ。

まだ後宮に入ったばかりで、緊張の日々を過ごしていたジャニスは息抜きをしに、庭をよく散歩していた。そこで、幼い子供を見つけたのだ。

『どうしたの？』

泣いている子供を見て、思わず声をかけた。その子は男の子で、愛らしい顔を涙で汚し、不安なままの表情でジャニスを見上げていた。

『迷ってしまったの？』

あまりに不安そうなので、ジャニスは安心させるように笑った。

同じ目線になるように座り込んで手を広げて、腕の中に抱き込むと子供は大人しくされるがままになっていた。

『泣かないで、大丈夫よ』

背中を撫でて宥めると、子供は涙を止めてまっすぐにジャニスを見つめた。それからゆっくりとジャニスに手を伸ばすから、ジャニスはもう一度抱きしめてあげたのだ。

『怖かったの？　もう大丈夫よ』

しばらく抱きしめていると、落ち着いてきたようでジャニスも安心した。さて、この迷子をどうしたものかと思案しつつ、立ち上がって子供の手を引く。

『本当は、ここは入っちゃ駄目なのよ。後宮のお庭なの。よく警備に見つからなかったわね？』

『こうきゅう？』

舌ったらずな声に、ジャニスは微笑みながら考えた。

『そうよ。陛下の――……言っても解らないかしら』

『わかる。へいかの、おくさんのいえでしょう』

子供らしい言葉だが、意味は正確である。

『そうよ。良く知っているのね』

頭のいい子だと、柔らかな金色の髪を撫でた。

『……あの』

『なぁに？』

『……おなまえを、うかがっても、いいですか？』

まっすぐに見つめられて、ジャニスは驚いてから、笑った。


思い出した。

確かにジャニスは十年前に、ここでひとりの少年に出会っていた。迎えの騎士に手を引かれて王城に戻っていく子供はやっと親元に帰れるというのに不安そうな顔で何度もジャニスを見るものだから、その姿が見えなくなるまで手を振って応えた。

まさかあれがマリスだったというのだろうか。そうだとしたら、あまりに変わりすぎている。あの幼い、不安そうな顔をした愛らしい少年はどこだ。あの子供が十年経つと、あんなに憎らしさを覚えるほどの青年になってしまうだなんて、時はひどく残酷だ。

自分の記憶力のなさが情けないと思っていたが、きっかけがあれば、ジャニスはそのときのことを思い出せた。そして、十年前に会っていたというマリスの言葉は嘘ではないと解り、少し安堵する。何を信じていいのか解らなくなっていただけに、少しの真実に心が緩んだ。

そんな考えに浸っていたせいか、ジャニスは追手のことをしばし忘れて油断していた。

「――いたぞ！」

その声にはっとしたときには、明かりを持った二人の騎士がジャニスの前に並んでいた。

座り込んでいたジャニスは、逃げようもない。ここで背中を見せれば、すぐに斬られてしまうだろう。いや、背中を見せなくても、ここで終わるのだ。

最後に考えたことが、十年も前の思い出なんて笑ってしまう。

ジャニスはあまりに変わってしまった男の今の姿を思い出し、口元を緩めた。結局ジャニスを振り回すだけ振り回した青年は、ジャニスがここで死んでしまった後どうするのだろう。妻がササラを殺害した犯人として殺されれば、その地位は――しかしこれはジャニスの考えることではないとまた笑った。

目の前の騎士はジャニスを見据え、剣を鞘から抜き放つ。外灯の明かりに光るその身はとても白く、ジャニスの身体も良く斬れそうだ。抜き身を振り上げる姿を、ジャニスはじっと見上げた。

どうせなら、最後まで目を開いていよう。ジャニスが覚悟を決めたそのとき、

「…………な、に」

カィンと耳に痛い金属音を立てて騎士の剣が弾かれた。

「まったく、誰の妻に対して剣を向けているのか解っているのかな？」

からかうように笑った声だったが、いつもよりもだいぶ低い。

ジャニスに振り下ろされるはずだった剣を受け止めたのは、どこから現れたのか、ジャニスが最後に考えていた男である。

シャイン、と刃を滑らせて、合わせた剣を跳ねあげジャニスを庇うようにマリスが男の前に立ちふさがる。

「本当に、陛下も父上も、様子見なんて言っているからこんなことになったんだ。後でよく思い知ってもらわないと」

さらりと言ってのける言葉は独り言のようだが、その内容は信じがたいものである。

何をどう思い知ってもらうのか、何をするのか。背中に寒いものを感じるが、マリスは平然としたまま騎士二人を見据えている。

武器を扱う動きは、とても自然で慣れたものだ。

「さて、僕に勝てると思っているの？　そう思うなら向かっておいでよ——まぁ、逃がす

気もないんだけど」

だってジャニスに剣を向けたのだから。

冷ややかな声は、その場の温度を下げた。ジャニスを襲った騎士は若かったが、マリスは彼らよりさらに若い。さらに二対一だというのに、マリスの方が余裕があるように見えた。騎士はマリスの突然の出現に驚き狼狽えていて、剣を構えたまま、後ろに下がろうかどうか迷っているようだ。

「遊んでいる暇はないんだよ。僕にはジャニスを抱きしめるという大事な仕事があるんだからね」

その言葉と一緒に、マリスは一歩踏み出した。

それに押されて、後ろへ逃げようとした騎士の腕を、音もなくマリスの剣が刎《は》ねる。

「……っう、あああぁぁぁっ」

剣を持った腕が身体から遠くに離れて、一瞬の後、理解した騎士の悲鳴が響いた。その悲鳴でもう一人の騎士が背中を向けた瞬間、マリスは大きく踏み込み抜き身を振るう。

「まだ殺すな、マリス！」

大きく響いた鋭い声に、マリスが盛大に舌打ちした。

「うあぁぁぁっ」

それと同時に、もうひとつの悲鳴が上がる。座り込んだジャニスからその姿は見えな

かったが、逃げようとしていた騎士がマリスにどこかを斬られたようだ。

あっという間の出来事だった。

騎士は地面に倒れマリスはひとり立っている。ジャニスに背を向けたまま、抜き身の剣を一振りして鞘に納め、ジャニスを振り返った。

暗い庭のはずなのに、マリスの表情がよく見えた。

いつの間にか、明かりを持った騎士が周囲に集ってきている。駆け付けた者たちの先頭にいたのが、陛下だった。先ほどの制止の声も、陛下のものだった。

ゆっくり目を瞬かせたジャニスに、マリスは目を細める。

「ジャニス、怪我は？」

座り込んだジャニスの身体を確かめるように、マリスの視線が動く。

思考が上手くまとまらない。あまりに突然で、そして展開が早すぎて、理解できなかったのだ。

いったいこれはどういうことだ。何がどうなっているのだ。ただ解ることは、あの幼い少年と、目の前の男があまりに違いすぎることである。

「……全然違う」

「何？」

「似てない。あの子がこんなふうになってしまうなんて、聞いてない……」

マリスはきょとんとした後で、周囲を見渡し、にこりと笑う。

「ああ……思い出したの？　初めて会ったときのこと？　陛下や父上の様子見も、少しは役に立ったかな？」

でもほんの少しね、と付け加えるマリスは、やはり彼らへの制裁を諦めてはいないようだった。

「思い出してくれて嬉しいけどジャニス、そこじゃ風邪を引くから、帰ろう」

「……どこへ？」

思わずジャニスは訊き返す。状況についていけなかったジャニスだが、何も変わらない様子のマリスを不自然に思うくらいの意識は残っている。

何もなかったはずはない。確かに今日、ジャニスの人生を暗い場所へ突き落とす出来事があったのだ。それはすべて、この目の前で変わらない態度を貫く男のせいでもあったはずだ。素直に従えるはずがない。

マリスは訊き返されたことが面白かったのか、笑みを深めた。

「家だよ？　早く二人っきりになりたいからね。ここは騒々しいし、落ち着かないだろう？」

「貴方と――二人っきりになんて、なりたくない」

ここは確かに騒々しい。

物々しい出で立ちの騎士が溢れているし、平然と笑うマリス以外、ピリピリとした空気が漂っているのだ。マリスに倒された騎士はそのまま運ばれていったが、手当てを受けた後で騎士に戻れるとは思えない。

目の前には陛下がいて、慌ただしく指示を出しているようなのに、落ち着いたままのマリスは何を考えているのか。

「帰るな。落ち着くまで客間で待っていろ。お前は構わないだろうが、ジャニスは混乱しているはずだ。何も説明してないのだろう？」

すぐにでも帰ろうとしていたマリスを目敏く見つけた陛下が、傍に来て念を押す。

確かに、いったい何がどうなっているのか、ジャニスにはまったく解らない。しかし陛下の顔を見て、ジャニスは重大なことを思い出した。それだけは、聞いておかなければならない。

「へ、陛下……ササラさまは、どう」

声を震わせながらも、ジャニスは必死だった。ジャニスが毒を盛ったわけではないことは確かだが、ジャニスが渡したグラスのせいで倒れてしまったのだ。その罪を問われればジャニスはここで斬られてもおかしくはない。

「大丈夫だ。口に入れた瞬間、違和感を感じて、ほとんど飲まなかったようだ。すぐに手当てを受けたし、しばらく安静にしていればすぐに回復する」

陛下は、ジャニスを安心させるように穏やかに笑った。

「――ほんとうに？」

「本当だ」

しっかりと頷く陛下に、ジャニスは全身の力が抜けた。

ササラは死んでいない。ジャニスは殺していない。この国の光は奪われていないと知って、ジャニスの目が潤んだ。何よりも安心したのだ。

しかし陛下とジャニスのほっとした空気に、冷ややかな声が水をさす。

「臣下の妻を口説くとは、さすがは陛下ですねぇ。三十人もの側室を持たれただけのことはある」

「何を言ってるんだ、口説いてない！　ササラのことを教えただけだろう！」

「どうでしょうかね。そもそも、説明も何もジャニスには何も知らないまま終わらせる予定だったのに、こんなことになったのは陛下たちが後手後手に回るからじゃないですか」

「確たる証拠を集めていただけだ！」

冷ややかな視線のマリスに、陛下も真正面から睨み返している。

何の言い争いをしているのかは解らないが、この状況に陥った理由をこの場にいるジャニス以外の者は皆知っていることは解った。もう少し詳しく説明してほしいと思い、腰を上げようとすると、陛下でもマリスでもない第三者の手がすっと差し出された。

「お手をどうぞ」

見上げると、元騎士団長のサヴェルが穏やかな笑みを浮かべていた。ジャニスは何より
ほっとして素直に手を借りて立ち上がる。

「団長、ジャニスは僕の妻ですから余計なことはしないでください」

ジャニスに近づくのは老紳士でも許さないとばかりに、マリスがすぐに睨んでくるが、
サヴェルはまったく気にしない様子で呆れた目をマリスと陛下に向けていた。

「お前たちはそこでいつまでもくだらないことで争っていなさい。その間に、私がジャニ
ス殿を安全な場所にお連れして説明していよう」

「説明を……」

してもらえるのか、とジャニスはサヴェルを見上げた。

もちろんですよ、と微笑んだサヴェルにジャニスも少し表情を和らげる。不機嫌さを露
わにするマリスのことは気づいていたが、ジャニスはまだ怒っていた。

ジャニスを怒らせる夫より、優しい紳士のほうが今のジャニスには安心できる存在だ。

背中に恨みがましい視線をぶつけられていたが、ジャニスは元騎士団長に守られている
という安堵に包まれ放置することに決めた。状況を理解できないながらも、何かに巻き込
まれたという事実だけは解るジャニスは、少なからず怒っていたのである。

七章

「セグシュ侯爵の言ったことは真実も含まれている。正妃に選ばれたササラが選ばれなかった者たちから恨まれていたことは確かだし、その者たちをわざと遠い場所へやったことも事実だ」

説明をすると言われて連れてこられたのは、王城にある客室だった。

ジャニスはソファに座り、目の前で湯気を上げる紅茶のカップを眺めていた。隣には当然のごとくマリスがジャニスに身を寄せて座っている。向かいのソファには陛下が座り、その後ろにはサヴェルとバドリク公爵が控えていた。

今回のササラ殺害を目論んだ犯人は、ジャニスに自害を強要したセグシュ侯爵だった。

彼の娘は側室だったらしい。ジャニスは知らなかったが、後宮内で大きな派閥を作っていたひとりでもあったようだ。セグシュ侯爵の目的は、娘が王妃となり王子を産んで、その後見人になることだったようだ。

その目論見はササラが選ばれたことで崩れ始め、後宮を閉められたことでさらに閉ざされた。

しかしセグシュ侯爵は諦めなかった。なんとかしてササラを追いやり、自分の娘を王妃とするべく画策していたのだ。だが、その思惑は陛下たちには筒抜けで、決定的な証拠を摑むために泳がせていたらしい。

元側室のほとんどは王都から遠く離れた領地にやられ、ササラとの接触はほとんどない。そこで、セグシュ侯爵が目を付けたのがジャニスだったのだという。

「僕は陛下たちの案には反対したんだよ。だからジャニスをどこにも行かせたくなかったし、誰にも見せたくなかったんだ」

マリスはマリスで、ジャニスを守ろうとしていたらしい。しかし、そのやり方はまったく子供のやり方だ。

「そんなことで本当に、なんとかなると思っていたの？」

「もちろん、そんな理由がなくても、僕はジャニスと二人っきりで過ごしたいんだから、どちらにしろそうしたけどね？」

当然だよと笑うマリスに、ジャニスの怒りの針が振り切れる。

「――馬鹿なこと言わないで！　一言説明してくれたら良かったのよ！　そうしたら私

だって、いくらでも協力したわ！」

「――ああ、そんなに僕と一緒にいたいって思ってくれてるの？」

腕を大きく広げ、全身で喜びを表すマリスに、ジャニスの顔が解りやすく歪む。

「その協力じゃない！」

二人きりになる努力ではなく、ササラを守るという協力だ。

抱きしめようとするマリスを、ジャニスは両手を思い切り突っ張って拒む。陛下は呆れたようにひとつ咳払いをすると話を進めた。

「いや、事態は少しずつ変化していってだな、途中まではジャニスを巻き込む予定はなかったのだ」

「そうですね、ジャニス殿の存在をセグシュ侯爵が気づかないままなら良かったんですが――あの日、セグシュ侯爵たちと会ってしまったでしょう？」

陛下の後に続くサヴェルの言葉に、ジャニスは王城で迷ったときのことを思い出す。もしかして、あの日会わなければ、ジャニスはこんなことに巻き込まれなかったのだろうか。

「正確に言えば、妻を社交界に連れてこないマリスを不審に思ったことがそもそものきっかけだったらしい。王城でたまたま出くわしたとき、浮かない表情を見せた君の姿を見て、夫婦の不仲を確信したようだ。夫の寵愛を得られず、孤立無援のジャニスなら扱いやすいと思ったのかもしれないな。その後さらに、謀略の会話を聞かれたため、計画を早めることになった、ということのようだ」

陛下は平然とそう言ってのけた。こんなに細かく事情を知っているのは、間者を潜り込ませていたからだそうだが、それなら早くに教えてほしかったとジャニスは心から思った。

「騎士団にも侯爵派がいましてね、今回で粗方あぶりだせましたし、マリスのお灸も効いたようですから、これからが少し楽になります」

サヴェルは笑っておさめたが、マリスのお灸というのは何だとジャニスの背中が冷える。先程迷いなく騎士を斬り捨てたマリスの背中が脳裏に浮かぶ。

それなら訊かないままで、知らないままでいたいと思う。

それから陛下が姿勢を改め、まっすぐにジャニスに向かい、敬われるべき頭を下げる。

「しかし、不安にさせ怖い思いをさせたのは事実だ。悪かった」

「――っ」

ジャニスは息を呑んだ。

王と、王の後ろに控えていた二人が、ジャニスに向かって深々と頭を下げたからだ。

「や、止めてください！　そんな、頭を上げてください！」

この国の頂点に立つ人に頭を下げられるなどとんでもないことだ。

どんなことでも私情を捨て、この国のために動くのが彼らの仕事であり立場なのだ。そのくらいジャニスにも理解できる。

しかしなおも頭を下げる三人とは対照的に、ジャニスの隣に座る夫は鷹揚に頷いた。

「そうですよ。三人とももっとちゃんとジャニスに謝ってください。陛下たちの様子見のせいで、ジャニスはとても怖い思いをしたんです」

可哀想に、と抱きしめようとするマリスに、ジャニスの怒りが再び戻ってきた。

「何言っているの！　謝らなければならないのは貴方でしょう!?」

「僕が？」

何のこと、と首を傾げる仕草は、十七歳の年相応の表情に見える。

しかし、それが見かけだけだということはとこの部屋の者たちは誰もが知っている。

「何度も言わせないで！　貴方が説明してくれれば、教えてくれていれば良かったのよ！なのにずっと家に閉じ込めて！　誰にも会わせないで手紙も止めてしまって！　昔会ってたことだって詳しく教えてくれなかったし、いつも何を考えているのか解らないし、お蔭で私はすごくすごく――」

すごく、の先の言葉を頭に思い浮かべて、ジャニスは声を止めた。

すごく、何だというのか。

怖かったとか、不安だったとか、寂しかったとか、嫌な気持ちになったとか。それはすべて喜ばしいものとは真逆の感情で、口にするのは躊躇われた。

それを言ってしまうと、ジャニスの中にある何かが崩れて、マリスから逃れられなくなりそうだったからだ。深い谷を背にして立っている気分だ。正面からは獰猛な獣が麗しい青年の恰好をして迫っている。害はないと見せかけて襲いかかってくるものだから、ジャニスは後ろの谷底に逃げ道はないかと探してしまうのだ。

次の言葉が出ず固まってしまったジャニスは、身体が急激に熱くなるのを感じていた。きっと顔も赤くなっているはずだ。解っているがすぐに冷やせるものでもない。

そんな様子を見て、マリスが目を輝かせて、にっこりと笑った。

「すごく、何?」

ジャニスの反応で、その先の言葉がマリスにとって嬉しいものだと気づいたようだ。自分の心が知られているようで腹が立つ。

「と、とにかく、大変だったの！　大変な思いをしたの！　最初から教えてくれていれば、冷静な対処だってできたわ」

「冷静な対処ってどんな?」

なおも追及してくるマリスに、ジャニスは火照った顔で睨みつける。

「冷静な対処は冷静な対処よ、私に質問するんじゃなく、貴方が説明して答えるほうが先でしょ!?」

「僕は何でも答えるよ?　ジャニスに隠す気持ちなんてないからね。でもジャニス、もうひとつ知りたいんだけど」

「な、何を……」

にっこりと綺麗な笑顔を見せながらもその瞳の奥に剣呑な光が宿っている。思わず逃げ出したくなるが、やはり逃げる場所などない。

「陛下と踊っていたとき、なんであんな可愛い顔をしてたの？　あんな顔を陛下に見せた理由は何？」

ササラ暗殺の事件よりも、ジャニスが捕らわれたことよりも、彼が一番気になるのはそこなのか。ジャニスは呆気にとられ、なんで今、と言い返そうと口を開くが、真剣な眼差しに押され言葉が出なくなる。

舞踏会の広間で、ジャニスは人ごみに紛れたマリスを見つけられなかったが、マリスはジャニスをしっかりと見ていたようだ。

ジャニスは思わず陛下に視線を向けた。視線を合わせると、会話の内容が自然と思い出され、さらに顔を赤くする。

『貴女にドレスを贈っていたのは、マリスだ』

『……えっ』

『後宮にいる女たちは、その実家か後見人が必要なものを揃えることになっている。だから後ろ盾のない貴女は本当に慎ましく暮らさなくてはならなかっただろう。それをマリスが……まぁいろいろと手を回していたな。ちなみに貴女のいた部屋が、後宮で一番静かで眺めの良い部屋だったんだ』

『本当にマリスは、貴女のことを想っているようだ』

あのとき確か、そういう会話をしていたのだ。陛下はしまったというような、自分を巻き込むなというような顔をしたが、マリスはさらに極悪な笑みを深めた。

「陛下に聞いたほうが早いのかな？　でもこんなに早く浮気をするなんて、やっぱり家から出したくないなぁ」

浮気などしていない。

何を言っているのか、ジャニスは反論したかったが、赤くなった理由を答えようとしても、またさらに状況が悪化しそうですぐに声が出なかった。

顔を赤くしたり青くしたりで忙しいジャニスと、それを笑顔で追い詰めるマリスに、陛下は指でこめかみを押さえながらひとつの提案をした。

家に帰って、二人でゆっくり話し合いなさい、と。

事後処理はこっちでしておくという陛下や宰相の言葉に甘えて、ジャニスはマリスと一緒に子爵邸に帰った。

「ジャニス様、お帰りなさいませ」

老練な執事や愛らしい侍女たちが出迎える中、いつもと違う顔があることに気づき、ジャニスは目を瞠った。

「――ルツァ？」

側室時代、後宮でずっとジャニスに仕えてくれていた侍女がそこにいたのだ。他の侍女たちと同じようにこの子爵邸のお仕着せを着ているが、それ以外、後宮を出てから変わったようには見えない。

「はい。長くお休みをいただいていたのですが、ようやく戻ってまいりました。ジャニス様が大変なときに、お傍に居られず申し訳ありませんでした」

ルツァも、執事や他の侍女たちも、ジャニスに何が起こったのか知っているようだ。その労りの気持ちがありがたい。

とはいえ、後宮に勤めていた侍女がなぜここにいるのだろう。後宮を辞めて、子爵に雇われたのだろうか。その疑問が顔に出ていたのか、マリスがあっさりと答えを教えてくれた。

「ルツァは僕が雇っている侍女だよ。僕の指示で後宮に行ってもらったんだ」

「――なんですって？」

「後宮でジャニスが不自由していないか心配だったし、必要なものがあったらすぐに贈りたかったしね。ジャニスが後宮を出たら、退職金を充分与えて辞めてもらうつもりだったんだけど、辞めたくないっていうから」

「ジャニス様にお仕えすることが、私の喜びですから」

まさに侍女の鑑である。

そして、そのルツァがマリスの指示で後宮にいた事実にも驚く。

「貴方が……ルツァを後宮に？　私の侍女として？」

「そうだよ。ジャニスはご両親も早くに亡くしていたし、後見もないと大変だろうと思って」

確かに、後宮は後ろ盾もないと生活するのも大変な場所だ。

しかしジャニスがそれを知ったのは、後宮を出てからである。普通に生活できる場所だと思っていた甘い自分を嗤ってやりたい。

そして甘い自分を守ってくれていたのが、目の前にいる夫であると改めて知って狼狽えた。十歳も年下の青年に、ずっとジャニスは守られていたのだ。年下と侮り、距離を置いていた自分は本当に何も知らなかった。知ろうともしなかった。

ぶわ、と全身から想いが溢れて、居た堪れなくなる。どうしたらいいのか解らない。込み上げるものを表現する方法が解らない。ただ、何かが邪魔をして素直にはなれない。

「――ジャニス？　そんな顔をして、誘っているの？　陛下にもそんな顔を見せていたよね？　男を誘うようなことをして、楽しんでいるの？」

ジャニスの顔は夫にはいったいどんなふうに見えているのだろう。

顔が赤くなっているのは確かだと思うが、それがどうして男を誘うということになるのか、意味が解らない。

「誘ってなんかないわ！　これは全部、貴方のことで――」

こんなに混乱しているのだ。困っている。動揺している。いつもいつも、ジャニスの感情を乱すのはマリスだけだ。ジャニスを振り回して余裕で笑っている。

それがとても憎らしい。

そう思って強く睨みつけてやったのに、マリスはいつものようには笑わなかった。

真面目な顔に戻り、そして真っ直ぐな目を強く輝かせた。その視線が意味するところは、ひとつしかない。

ジャニスはその目を知っていた。ジャニスを喰らおうとする、獣の目だ。しまったと思ってももう遅い。

「ジャニス……やっぱり僕を、煽ってるんだね？」

誘ってもないし、煽ってもない。

そんなジャニスの言葉は、やはり夫には通じなかった。

＊＊＊＊＊

寝台に下ろされたとき、ジャニスは既に下着しか身に着けていなかった。

使用人の見守る中、玄関ホールで唇を奪われたかと思うと、そのまま抱きかかえられて寝室まで運ばれ、慣れた手付きでドレスを脱がされてその間も口付けは続き、身体を弄る手も収まらず、ジャニスは既にぐったりとしていた。

マリスはジャニスを寝台に倒すと、剝ぎ取るように自分の服を脱ぎ捨て、そのままジャニスに覆いかぶさってくる。

逃げる暇はなかった。

「ジャニス……」

うっとりとした声にジャニスはぼんやりとした視線を向ける。顔から首筋に、胸元まで何度も吸い付いてくるマリスの姿に、改めて昔の彼を重ねてみる。どうしてこんなふうになったのか。その視線の意図が通じたのか、マリスは顔を上げて伺ってきた。

「ジャニス？　どうしたの？」
「……あのかわいい子はどこに行ったの？」
不安を抱え、縋るように見つめてきた子供の姿はどこにもない。ジャニスを押し倒し、
捕食者の目で見つめる夫に、これまでの人生にいったい何があったのか、真剣に考えてし
まう。
「ジャニスにあのときのことを思い出してもらえて嬉しいよ。あの出会いは、運命だった
と思うんだ。本当に、陛下のお手付きになる前で良かった。七歳の僕じゃ、ジャニスを満
足させてあげることはできないからね」
結局、十年前も今もマリスの本性は変わらないのだと残念に思う。
「僕は必死だったんだよ。陛下はあれでいて、結構な実力主義者だからね。ジャニスを手
に入れるために、できる努力は全部した。早く認められないと、思い直した陛下が、いつ
ジャニスに手を出すかも解らないと思って必死だったんだ」
十年もかかってしまったけど、と苦笑するマリスに、むしろ十年で結果を見せたことに
驚かずにはいられない。
そんなにしてまで、どうしてこのマリスがジャニスを手に入れたかったのかそれだけは
よく解らない。ジャニスは普通の女である。男爵の娘で、運よく陛下の側室に選ばれ、し
かし争いを嫌い何をするでもなく、ただ十年無為に生きていただけの女だ。

十歳も年下の青年に守られているなどと考えもせず、呑気に生きていた女だ。

そして、この先を考えると、不安がよぎり、ジャニスの目がじんわりと滲む。

「ジャニス？」

「……そんなに、私の、どこがいいの？」

身体だと言われても、ジャニスはマリスより十歳年上だ。いずれ体形も崩れ、若いマリスの隣にはとても並べなくなるだろう。

それとも母親の代わりだろうか。けれど母親が必要な時間はすぐに終わる。いつか同じようにジャニスのことも終わらせられるのではと思うと悲しい感情だけが溢れてくる。マリスは他の若い誰かに夢中になるかもしれない。それを考えると心が苦しくなる。

離れることを望んでいたはずなのに、いつの間にこんな気持ちになったのか。マリスが傍に居ないと不安になるなんておかしい。十歳も年下の男に依存することもおかしい。おかしいと解っているのに、ジャニスは自分の感情が制御できなくなっているのにもとっくに気づいていた。

この想いを何というのか。ジャニスはもう解ってしまったが認めたくなかった。

「――すべてだよ」

ぐるぐるとひとりで考え込むジャニスに、マリスは微笑んだ。

「え？」

「ジャニス、君のすべてが欲しいんだ。小さな僕が抱きしめられたあの瞬間、あんな幸福な瞬間はないと思った。あのとき向けてくれた笑顔を、僕は一生忘れない。今も同じだ。澄ました顔も、挨拶するときの微かな笑みも、拗ねて怒っている顔も、恥ずかしくて困っている顔も、気持ちよくて蕩けている顔も、全部好きだ。僕の隣に居てくれるだけで、僕は一生幸せだと思う」

真正面から告げられるマリスの想いは、ジャニスの全身をめぐり、じわりと身体を熱くした。

けれど、そんなふうに言ってもらえる何かを、ジャニスは持っているつもりはない。

「そん、そんな、こと、言われた、って」

「誰にも見せたくないんだ。他の男にも、特に陛下なんて十年もジャニスを囲っていたんだからもう充分だよね？」

会う必要もないだろうと断言する夫に、ジャニスは首を横に振る。

「違う！　なんで貴方はいつもそうなの!?　私を妻だと言うくせに、役割は妾や娼婦と同じじゃない！　それならいっそそうしてくれれば、こんな想いをせずに済んだわ。十年間、側室だったんだもの、それでも私は別に――」

「ジャニスを妾にだなんて、できるはずないよ」

ずっと言いたかったことをぶつけたジャニスを、マリスは蕩けるような笑顔で見つめる。

どうしてそんな顔をするのとジャニスは問い詰めたいが、熱を帯びた目がジャニスを欲しているのが解り、声が出なくなった。

「だって僕は、ジャニスしか欲しくないんだ。本当は、ジャニスは僕のものだって、世界中に自慢したいんだ。でもジャニスは、社交が苦手だろう？　表面上で笑ってるだけの付き合いなんて、したくないだろう？　僕はジャニスに嫌なことはしてほしくない」

「そう……いう、問題じゃ、ないじゃない……」

ジャニスの反論に力はなかった。

大人には、嫌でもやらなければいけないことがある。子爵夫人としての社交もそのひとつだ。それを「嫌なことはしてほしくない」という理由で、ジャニスを閉じ込めるのはやっぱり子供の考え方だと思う。けれど、そのわがままな独占欲が嬉しいとジャニスは思ってしまっている。

だが、これからもそのままという訳にはいかない。妻として、子供のような夫を増長させるわけにはいかないのだ。

「貴方の、貴族の妻だというのなら、すべき仕事がちゃんとあるのよ。苦手だからと言って避けて通るわけにはいかないの。それは当然のことなの。確かにサロンに行ったりすることは苦手だけれど、それも貴方の妻でいることのひとつの役割なのだから、それを勝手に私から取り上げないで」

ジャニスは選んだのだ。

流されるままだったそれまでの自分をやめて、マリスのためにも貴族としての務めを果たすのだと。

それはジャニスの中で、とても自然なことだと思えた。確かに苦手だけれど人との繋がりを広げていく努力はしたい。幼いマリスが十年かけて願いを叶えたのと同じように、ジャニスも出来る限りのことはしたい。望まれている以上、できることはしたい。そしてそれは本当のところ、ジャニス自身も望んでいることだった。

いつも人の言うことを聞いてくれない、自分の都合の良いように解釈するマリスに、ちゃんと伝わっただろうかと視線を上げると、マリスは一瞬、今まで見たことのない無防備な顔を見せ、ジャニスの身体を抱きしめた。

「ジャニス……！」

「きゃあっ⁉」

突然思い出したように身体を弄られ、足を大きく広げられる。その間に腰を強く押し付けられた。下着越しにぐりぐりと擦り付けられる硬いものが何であるのか、解らないはずがない。

「ああもう、ジャニス、どうしてそんなに僕を煽るの⁉　その告白だけで僕はイきそうだよ！」

ぱいだ。

告白ってなんのこと!?

そんなつもりではないと言いたいのに、ジャニスは襲いかかる熱に抵抗するので精いっぱいだ。

「やっやだっいや、そんなっ、しないでっ」

シュミーズの上から胸を掴まれるように揉まれ、頂を布ごと口に含まれる。湿っていく布の感触が肌に纏わり、ジャニスの腰が浮きそうになる。

「やぁっ、だめ、それっ」

「ああ……ジャニス、直接がいいの？　布越しは嫌なんだね？」

そうじゃないと言い返したいのに、マリスは素早くシュミーズの前を解き、もう一度胸に顔をうずめてくる。両方の乳房の間で満足そうにするマリスの息は荒い。

「ジャニス、気持ちいい……この胸に挟まれたら僕はすぐにイけるよ」

「やだっそこで、しゃべらない、でっ」

息がかかる。唇の動きが肌に触れる。それだけでジャニスはおかしくなりそうだ。

「解った。やってみせないと解らないよね」

嬉しそうに笑ったマリスはジャニスの胸から顔を上げて、身体を起こした。

どういう意味だろう。人の言葉をまた勝手に解釈して、思うままに行動しようとする夫に、ジャニスは眉を顰めた。

そうしているうちに、マリスはジャニスの身体を跨いで、既に充分硬くなった性器を、下着から取り出した。こんなに近くで彼の雄の部分を目にしたことがなかったジャニスは驚き、思わず息を呑む。

マリスは嬉しそうに笑いながら、自身の欲望をジャニスの胸の間に押し付けて両手で乳房を挟んだまま腰を前後に揺らし始めた。

「……っ!?」

「ん……っああ、ジャニス、柔らかい……気持ちいいよ」

見上げる男の身体は若く綺麗なもので、鍛えられて引き締まっているのがよく解る。その大きな肉体に少し不安を覚えながら、しかし本当に怖いのはマリスの身体ではない。

胸の間を動くものがぬるりとぬめりを帯びてくるのは、ジャニスの汗なんかではない。マリスの手はジャニスの乳房を揉みながら乳首も擦り合わせ、自分の雄をもっと良くさせようと、すべてをうずめようと動く。

「や……っやぁっやだ、そんな、こんな、こと……っ」

指南書にも載っていないし、想像もしたことがない行為にジャニスは慄いた。しかし熱い吐息を吐いて、うっとりとジャニスを見下ろすマリスには、まったく止めるつもりがないようだ。

「ジャニス……そんな顔で、かけてほしいの?」

何をかけようというのか、ジャニスは混乱したままで理解できなかったが、本能で首を横へ振った。もうこれ以上、何も欲しくない。もう受け止められない。

ジャニスはずっと翻弄され続けているのだ。マリスの何もかもを受け入れる余裕がない。けれどマリスには、ジャニスに受け止めさせたいものが身体から溢れてくるようだ。

これが十歳の差なのかとジャニスは途方に暮れたが、たとえ自分が十歳若かったとしても無理だろうとどこかで諦めた。

「ジャニス、ああ、イく……っ」

「やあぁっだめ、やだ、いたい……っ」

強く胸を摑まれて、激しく擦られる。肌のひりつきに思わず悲鳴を上げたジャニスは、次の瞬間、顎から胸にかかる熱いものに目を見開いた。

「ああ、汚れたね……」

そう言いながら、マリスは満足そうだった。

かけられたものが何なのか、じわりじわりと理解して、全身が羞恥に赤く染まる。

「な……っなんて、ことを……！」

汚れたのではなく汚したのだ。

信じられない。妻に、女性に、こんなことをするなんてこの夫は何を考えているのだと、激しい怒りがこみあげる。

かけられたものを手で拭うと、糸を引くような感触に顔がさらに真っ赤になった。これは、いつも身体の内側で受け止めているものだ。それがこんなものなのだと初めて知ったジャニスは、次に怒りがこみあげる。

「こ、こんなことをして、許されると……っ」

怒りをぶつけているのに、マリスはとても嬉しそうに笑うだけだ。

「ああ、ごめんねジャニス、ジャニスは中に欲しかった？　大丈夫だよ、すぐにまたあげるから」

そういう意味じゃない！

ジャニスは怒鳴り返したかったが、一度満足したはずのマリスの雄はまったく衰えていない。それを見せつけられてジャニスは知らず後ずさる。

しかしマリスは逃げるジャニスの足を掴み、そのまま身体を引き寄せると、残っていたドロワーズを剝ぎ取り、あっという間に裸にしてしまった。そうして、ジャニスの濃い茶色い茂みを撫で、指をそのまま潜り込ませていく。既に充分濡れていたそこは、ぬちゃりという音とともに、奥へ奥へとマリスの指を誘い込む。自分が濡れていると教えられる瞬間、逃げ場がなくなってジャニスはいつも固まる。マリスはそれに気づいているはずなのに、嬉しそうにさらにジャニスを掻き回すのだ。

「ジャニス……ここも柔らかい。ジャニスは本当に、どこも柔らかくて困る」

まったく困った様子などないままに言われても、ジャニスが困る。

顔や首筋に口付けを繰り返していたマリスは、それだけでは足りなくなったのか肌の上を舌で執拗に舐め上げ始めた。時折柔らかい場所を狙っては歯を立てていく。

「ん、や……っあ！　やだ、なめ、ない、で！」

「無理だよジャニス……どこも甘い匂いがするんだ。特に……ここは蜜が溢れているくらい僕を誘っているよね？」

「蜜なんか……っあぁっいやぁっ」

身体を捩って逃げようとするが、強い力に足を開かれて、指の愛撫を受け滴るほどに濡らした秘部に顔をうずめられる。指で開かれ舌で敏感な部分を攻められる。ジャニスの中にある指は何度も抜き差しを繰り返し、ジャニスの快楽を高めていく。

「やっあっあぁあんっや、あ――っいや、まってっ、なん、か、あぁっ」

「いいよ、ジャニス……イって？」

ぱちゅぱちゅと滴る音が激しくなって、ジャニスは淫らに喘いでしまう。生理的に浮かんだ涙を眦から零し、追い立てられる苦しさに歯を噛みしめようとするのに、指の激しい動きとは対照的に、優しく甘く促し誘うマリスの言葉に抗えず絶頂を迎えた。

「ジャニス……」

「ん、あ……あぁぁ……っ」

びくびくとお腹を震わせていたジャニスから指を引き抜くと、マリスはすぐさま充分ほぐれて熱くなった場所に自分の雄をうずめた。達した後だというのに、再び硬いものに圧迫されてジャニスは戸惑い怯える。

「や、ぁだ……っ」

「ああ、すごい……イったときのジャニスの中って、すごく気持ちいいんだよ。それを味わわないなんて、おかしいよね？」

味わう必要はない。

そう言い返したいが上手く舌が回らず、うっとりとこちらを見つめる夫を睨みあげた。今日もマリスは嬉しそうに笑って答える。

「ジャニス……このまま奪ってしまいたいけど、これから時間はたっぷりあるからね。今日はジャニスの言う通りにしてあげる」

「……じゃ、あ」

抜いて、と恥ずかしさに耐えてそう口にしようとした瞬間、マリスは輝くような笑顔でそれを遮った。

「ゆっくり出したり入れたりしてあげようか？　それとも奥まで挿れたまま突き上げてあげようか？　ああ、入り口の上を擦るのも好きだったよね？　そこだけでイく？」

相変わらず外見と中身が揃っていない。十年前と現在の真実を知ってしまった今、マリスという人間はたしかに昔から口を開かなければ麗しい貴族の青年そのものなのだと実感する。そして彼は、有言実行の男なのだ。

ジャニスをいつも、言葉で、行為で翻弄する。

「…………っ」

どれも無理、と青ざめた顔で首を横へ振るジャニスに、マリスはさらに笑みを深くした。

「大丈夫、ジャニスはもうちゃんと、ここでイけるよ」

そんな心配はしてません。

やはり言うことを聞いてくれない夫に、ジャニスは逃げようと身体を引く。その仕草がマリスをますます煽るだけなのを、ジャニスはとうに理解しているのに抵抗せずにはいられない。

「ジャニス、僕の愛情は枯れないから、遠慮しないでいいんだよ」

マリスに対して遠慮など一度もしたことのないジャニスは、今日もやはり精いっぱいの抵抗を試みる。しかし反抗の言葉すらマリスの唇に奪われた。

深く口付けられ、窓の外が白み始めるまで何度も強く攻められる。意識を失う間際、マリスがひどく愛おしそうにジャニスの名前を呼ぶ声が、やけに耳に残った。

自分は本当に、何に捕まってしまったのか。

十年想い続けたという、言葉にすれば綺麗な気持ちは、現実を前にするととても粘着質でどろどろに濃い。手足を取られて溺れてしまいそうだ。けれど、溺れてしまうとマリスの思う壺だ。それだけは避けたいとジャニスはあがき続ける。

しかし心のどこかでは、溺れてしまえばそれはそれで楽なのかもしれないとも考えてしまい、とりあえずは、楽な方へ流されてしまいがちな自分と戦うことが第一だと、ジャニスは心に決めたのだった。

八章

「旦那さま、若さゆえの無茶はいい加減ご卒業ください」

「旦那さま、一方的な愛情は離婚の第一歩です」

「旦那さま、利己だけを追求するのは紳士としてあるまじき行為です」

愛らしい侍女たちは、今日も疲労したジャニスを労ってくれる。

その日遅くに目を覚ましたジャニスは、ひとりでは起き上がれない状態だった。絡んできたマリスを、新たに加わった侍女のルツァが強制的に引き離してくれる。

やっぱり頼もしい侍女だとジャニスは感謝の目を向けた。

夜になって、どうにか自分で身体を起こせるようになったジャニスだが、座ったソファから動くことは億劫で、隣に座り腰を抱き寄せるマリスの腕を引き離す力すらない。

さすがに侍女が控える前で何かをすることはないだろうと思うが、真正面から小言を受けてもマリスには効果がないようだ。

「ジャニスが可愛いのが悪いんだよ？」

「私のせいにしないで！」

マリスのせいなのだ。

ジャニスはにこやかな夫を心から睨みつけたが、笑って受け止められた。

「あとジャニス、早く子供もつくらないとね？」

「……えっ」

まだ充分に若いマリスの口から世継ぎの話が出るとは。意外な言葉に目を瞠る。

「子供が、欲しいの？」

「そうだよ？　僕はいずれ父上の仕事を引き継ぐだろうけど、僕の夢は後継者に早くそれを譲って、余生をジャニスとゆっくり過ごすことなんだ。余生は長ければ長いほどいいよね」

その理由はどうかと思うが、マリスがそんな先のことまで考えていることにジャニスは驚いた。

しかし子供を産むことを改めて考えてみると、ジャニスは途端に不安になる。

ジャニスはもう二十七歳だ。できるかどうかはさておいて、丈夫な子を産んであげられるだろうか。迷いの色が目に出ていたのか、マリスはすぐにそれに気づいて微笑んだ。

「ああ、そういえば、仲の良すぎる夫婦には子供ができにくいって噂があるよね。もしできなくても、後継者なんて仕事ができれば誰だってかまわないのが本当のところなんだから、心配しないで」

大丈夫だよと微笑むマリスと、自分の感じた不安とは少し違う気がするが、言い募っても通じないだろうと溜め息が出る。

「でもジャニス、どうしても子供が欲しいって言われたら……僕はもっと頑張るよ？　大丈夫、一晩中だって挿れていてあげる。さっそく今日から――」

「欲しくない！」

そのまま寝台に連れていかれそうになり、とっさに否定してしまう。

ようやく身体を起こせるようになったのに、二晩続けてさらに攻められるなんて本当に身が持たない。全力で拒否する意思を固めると、マリスが急にしゅんと項垂れた。

「……欲しくないの？」

その顔は初めて――いや、久しぶりに見る顔だった。

喜びでも怒りでもない。不安をいっぱいに浮かせた、寂しい子供が愛情を欲する、そんな顔だ。

どうして今そんな顔をするの。まるでジャニスが傷つけたようで狼狽えてしまう。

「あ、べ、別に、ほんとに欲しくない、わけじゃなくて……」

「――良かった。子作りは夫婦にとって大事な共同作業だものね。頑張ろうね」

ジャニスが慌てて言い直した途端、マリスはころっと表情を変えて、普段の憎たらしい笑顔に戻る。

詐欺だ。からかっているのだ。困惑し戸惑い、振り回されるジャニスを見てマリスは楽しんでいるのだ。

そんな夫を憎らしく思わないはずがない。

「ジャニス。好きだよ……愛してる」

新緑の瞳を輝かせ、ジャニスの目を覗き込むマリスに、ジャニスは眉間に皺をよせることでしか抵抗できない。

そんなことを言われても誤魔化されはしない。

マリスの言葉を疑うわけではないが、すべてを受け入れられるほどジャニスの心に余裕はない。

だからマリスの愛情が大きければ大きいほど、ジャニスは夫を睨みつけるのである。

そうして今日も、子爵夫人は不機嫌なのだった。

あとがき

はじめましてこんにちは。秋野真珠《あきのしんじゅ》と申します。

はじめての本です。手にとっていただけて本当に嬉しいです。

執筆するにあたり、後押ししてくださり、たくさん助けてくださった担当様に感謝いたします。

背徳感漂うような、綺麗で暗い耽美な世界、というのは難しく、こんなテンションの高いお話になってしまいましたが、楽しく読んで頂けると幸いです。

自身もテンション高く書きました。よく言われるのが、王道から少しずれたところが好きですよね、と。好きです。王道主人公のせいで振られてしまうような脇役が！　そんな脇役をいじめて泣かせるのがすんごく好きです。あ、でも最後にちゃんと幸せにしてあげますよ！　それが幸せかどうか、と言われると微妙な感じですが、きっと幸せです。私が。

この本では、ジャニスをいじめたりなかったという気もしないでもないんですが……性格的に、あんまり泣いてくれなかった。でも泣きそうで泣かない顔もすんごく好き。……このレーベルのテーマは歪んだ愛ですが、歪んでいるのはお話ではなく私本人じゃないかと今ちょっと思いました。

この本でも例に漏れず、主人公は脇役どころ。王道主人公はきっとササラ。だからジャニスは脇役なのです。そんな脇役を好きになっちゃったのがマリス。マリスに好かれたジャニスがかわいそ……まぁそれも人生ですよね。がんばれジャニス。

イラストを描いてくださったgamu様にも感謝を。

本当に、綺麗で可愛くてびっくりしました。最初にラフを見たときからすでにメロメロで（ジャニスに）クラクラです（マリスに）！

こんなに可愛いんだから、もっといじめたいって思っても仕方がないですよね、とか。かっこいいマリスが黒くって素敵なのでもっとひどいことしても大丈夫かな、とか。

イラストひとつで、とってもテンションあがりました。本当にありがとうございます！

読んでくださる方にも、文章よりもはっきりとジャニスたちの綺麗さを感じ取っていただけるのではないかと！　思います。

最後に、この本を手にしてくださり、今ここを読んでくださっている貴女に感謝を。
ありがとうございます！
私が楽しく書いたジャニスとマリスのお話を、一緒に楽しんでもらえたら嬉しいです。

秋野真珠

この本を読んでのご意見・ご感想をお待ちしております。

◈ あて先 ◈

〒101-0051
東京都千代田区神田神保町2-4-7 久月神田ビル7階
㈱イースト・プレス　ソーニャ文庫編集部
秋野真珠先生／gamu先生

旦那《だんな》さまの異常《いじょう》な愛情《あいじょう》

2013年11月4日　第1刷発行
2016年3月18日　第2刷発行

著　　者　秋野真珠《あきのしんじゅ》

イラスト　gamu

装　　丁　imagejack.inc
D　T　P　松井和彌
編集・発行人　安本千恵子
発 行 所　株式会社イースト・プレス
〒101-0051
東京都千代田区神田神保町2-4-7 久月神田ビル8階
TEL 03-5213-4700　　FAX 03-5213-4701
印 刷 所　中央精版印刷株式会社

ISBN 978-4-7816-9518-1

Sonya ソーニャ文庫の本

もっと乱れて、僕に狂って。

閉ざされた部屋の中、毎夜のごとく求められ、快楽に溺れる身体……。美貌の伯爵ライアンに見初められた町娘のセレーナは、身分差を乗り越えて結婚することに。情熱的に愛の言葉を囁いてくるライアン。しかし幸せな結婚生活は、ある出来事をきっかけに歪んでいき——？

『僕の可愛いセレーナ』 宇奈月香

イラスト 花岡美莉

Sonya ソーニャ文庫の本

『寵愛の枷』 斉河燈

イラスト 芦原モカ

Sonya ソーニャ文庫の本

『君と初めて恋をする』 水月青

イラスト 芒其之一

Sonya ソーニャ文庫の本

それは甘く脆い、砂糖菓子の檻。

事故で両親を失ったシャーリーの家族は、
双子の弟ラルフだけ。
弟への許されない想いを募らせるシャーリーは、
次第に淫らな夢をみるようになり——。
『虜囚』と同じ物語を姉のシャーリー視点で描く、SideA。

『監禁』 仁賀奈

イラスト 天野ちぎり